Este Livro Pertence

Helena Brum

Visão para dois Mundos

Acredita em TI

Só nascemos uma vez e morremos uma vez,
E queixas-te tantas vezes, tantas vezes de
onde não sofres sempre,
não choras sempre, não sorris, sempre,
nem sempre rezas.
Não és sempre certo,
Não erras sempre,
Falas que tens fé, mas dúvidas da fé.
Nunca estás seguro, por isso dizes que o
homem não é perfeito.
ENTÃO QUEM ÉS TU?
Porque escutas que :DEUS é perfeito e se
foste feito à semelhança da perfeição.
DE ONDE DEUS FALHOU?

Lê a RESPOSTA
de baixo para cima.

Açoriana com Visão Do Mundo,Esposa, Mãe e Empreendedora

VIDA ME SURPREENDA...

"Resolvi deixar o passado passar e aceitar que sou, o que sou por causa dos tombos, dos tropeços, das lágrimas, das derrotas, mas também por causa de todas e muitas as vezes que eu poderia ter desistido e segui em frente e enfrentei meus medos.

Sou a soma dos fracassos, das conquistas e de uma fé em mim, que eu não sei de onde vinha. O fato é que tem muita vida pela frente e para lá que eu vou olhar.

Porque a maturidade me ensinou que o primeiro passo é o começo de tudo que pode ser bonito, é só levantar e caminhar."

Quem sou EU?

Ser quem sou ,como me dói, dor essa que carrego no peito, dor que não queres passar.

Tens vindo ao longo do tempo, grandes marcas a deixar, ser quem sou, tu não sabes, ser quem sou tu não vês, tanta dor eu sinto por cada um de vocês.

Vejo o que vocês não conseguem ver, vivo o que vocês estão a viver, o que mais me mágoa são vocês que nem a mim querem querer.

Foi bom ter vindo a terra para poder viver mal, podia querer como vocês não creio. A vossa imaginação é frágil, a vossa fé não é verdadeira, tantas razões me faz querer de vidas sem barreiras.

Sou guerreira, ferida, curada, as vezes sinto medo, mas mesmo assim eu adoro desafiar e enfrentar o perigo. Gosto de ultrapassar todos os limites lógicos de um entendimento correto.

Sou misteriosa, ao ponto de você pensar que já sabe de mim o suficiente, mas que na verdade nem começou a me conhecer. Sou as vezes ingênua e acredito demais nas pessoas, mas se me ferirem, certamente essa ingenuidade passará a ter outro nome.

São muitas ruas por onde andei em minha vida, em algumas delas eu me perdi, mas em todas elas depois de um tempo eu também eu me encontrei!

Cara de menina, coração de divino e uma personalidade extremamente poderosa. Quando necessário, saio do sorriso e vou ao ataque!

Houve momentos da minha vida, que sentia vontade de gritar.... Gritar alto, até a voz sumir e não restar mais nada... Mas, meu grito, foi um grito mudo, sufocado... morto na garganta.... Tive vontade de chorar, desabar.... Deixar meus olhos virarem cachoeiras...

Mas as lágrimas, apenas umedeceram os olhos, não as permiti cair. Teve vários momentos, que quis me trancar dentro de mim e apenas ficar.... Silenciar, ficar no meu mundo interior, barulhento, mais é meu... Em cada um destes momentos, eu tive de me sobrepor a dor.... Deixar o grito guardado, raspando...machucando a garganta... Os olhos ardendo, irritado, não tendo a onde armazenar as lágrimas, mas tendo de criar barreiras para ela não transbordar, não deixando inundar a face.... Silenciar?...

Por breves minutos.... Fazendo aquela viagem rapidinha, sem levar bagagens, para não correr o risco de por lá ficar... Em todos estes momentos aprendi a ser forte.... Guardar a dor no bolso, para cuidar da dor do outro.... Criei armadura.... Aprendi a me resolver sozinha, a solucionar a minha dor e a dor de quem precisava da minha ajuda.... Percebi, que ninguém se importava com as minhas rachaduras, não enxergavam que minha armadura embora reluzente, estava trincada...

Nisso, fiz uma descoberta... Quando se é forte, acham que você não é humano, que não precisa de uma mão estendida. Ninguém nasce forte, é lapidado pela vida, pelas dores sentidas...

Vou me fortalecendo por cada tombo que tomei e tive que se erguer sozinha...

Cria casca, armadura.... Retirando a armadura, o que sobra é um corpo trincado, danificado... Que aprendeu a tirar força da onde não existia, de onde achei que não conseguiria. Fui preparada pela vida, e as lições dela, são doídas... Mas aprendi muitas coisas... _. Você não pode se manter forte o tempo todo, chegará uma hora que não irá suportar.... Permita que vejam sua fragilidade. _ Não tente resolver tudo sozinho. Permita que lhe ajudem, assim mostrará que você tem a mesma estrutura do resto da humanidade, você não é de ferro. _ Nada que te aconteça, retirará o sorriso da sua face. Já passei por coisas mais difíceis e sobrevivi... ... Sabe que tudo é apenas questão de tempo. _ Se permita chorar, gritar...silenciar. Ainda que te digam, "você é forte", apenas lembre, que você também é humano.

_ Jamais, em hipótese alguma, permita lhe dizerem, que sua dor é menor do que de qualquer outra pessoa. Você pode superá-la como já fez diversas vezes na vida, mas isso não a torna menor, ou insignificante.

Não é porque você não grita, a todo o instante, que está doendo... ... que ela não doa... Ela dói como a de qualquer outra pessoa, a diferença é que você, apenas a sente e não fala.Sobrevivi a algumas coisas muito ruins em minha vida - coisas que nunca pensei que sobreviveria.

Eu lutei, agarrei e lutei contra todas as chamas do fracasso, para chegar fundo e descobrir a força que eu não sabia que tinha. Quando eu estava de joelhos diante do abismo, foi quando aprendi quem eu realmente era e do que sou capaz. Nunca fui definida pelos erros que cometi, mas pela força com que me levantei depois de cair.

É fácil amar a si mesmo quando tudo está indo bem e as portas estão se abrindo ao seu redor. É uma experiência bem diferente quando você está no seu nível mais baixo. Aprendi quem esteve ao meu lado e acima de tudo, que há beleza nas cicatrizes da minha história.

Cada arranhão, solavanco e contusão, me lembram de onde estive e das pontes que queimei ,para nunca mais voltar aos lugares onde nunca deveria ter estado.

Aprendi não apenas a amar as partes de mim que antes me frustravam, mas aprendi a celebrar minhas imperfeições, pois elas descreviam minha beleza quebrada de uma forma que minhas palavras nunca poderiam.

Então, ao sair hoje, você verá um sorriso em meu rosto e uma alegria em meus passos.

Percorri um longo caminho na minha vida e tenho orgulho da pessoa que estou me tornando.Não tem sido fácil, não tem sido indolor e tem sido lento.

Mas aprendi com cada erro e cresci com cada experiência. Esta é a minha história.

É uma história de desastre e fracasso, erros e quedas.

Mas também é uma história de ressurgir das cinzas, ficando mais forte e aprendendo a amar cada cicatriz da minha beleza quebrada.

Afinal, as rachaduras são como a luz que entra. E agora, estou pegando fogo por estar viva.

Eu fiz uma promessa de me amar e é exatamente isso que eu vou fazer.

Um dia de cada vez. Do jeito que eu deveria ser.

"A FORÇA DE UMA PESSOA DESPERTA"

"Pessoa desperta são indomáveis, intuitivas e possuem a serenidade e a confiança daqueles que aprenderam a ver a vida, com os olhos da alma como chamamos, mas no fundo é chamado o sexto sentidos ...de um ser sem alma.Uma pessoa que passou por situações difíceis, viu sonhos que não se concretizaram,tive de me despedir de quem amava e viu a vida colocar a prova toda confiança em mim mesmas e na minha crença no bem.

Ainda assim curara cada ferida com a sabedoria de quem acolheu a dor, como uma sábia conselheira, e optou por guardar os seus ensinamentos ao invés de um acumulado de mágoas e desilusões.

Por isso carrega um certo brilho no olhar, uma presença cheia de luz e de carisma e uma aura de aconchego que não passa despercebida.

É uma pessoa que não segue o grande coletivo, não tem medo de parecer ridícula por acreditar no invisível e cuida da sua energia, da sua mente, da sua pessoa humana e do seu coração como um templo a ser cuidado.

Uma pessoa desperta aprendeu a honrar a si mesma, ama quem é, tem orgulho da sua trajetória, já não dá mais poder para as críticas ou julgamentos, assim como tao pouco perde seu tempo julgando os demais.

Sabe que todos estamos entre a inconsciência e o despertar e que esse processo é algo sagrado e individual. Todos têm o seu tempo e seus próprios 'despertadores'.

É esse motivo que a pessoa desperta, agradece por tudo e todos que passaram por sua jornada: os que a amaram e os que a despertaram.

Porque é inevitável.

Ninguém pode viver para sempre na dependência, na insegurança ou adormecido de si mesmo.

Às vezes a vida vai mesmo nos chacoalhar, para que despertemos, para a nossa força, para o nosso poder, para a infinitude que habita em nós.

É isso que traz a segurança da pessoa desperta.

"VOCÊS VÃO ME JUGAR A MIM ...

Vocês vão me chamar de "maluca", porque eu nasci com o dom, de ver as coisas diferente e isso os assusta ...

Vocês vão me chamar de "intensa", porque eu nasci com a coragem, de me permitir viver e sentir plenamente e isso os intimida ...

Vocês vão chamar-me de "egoísta",porque eu descobri que é a coisa mais importante da minha vida e que não lhes traz benefícios ...Vocês vão chamar-me de "conspiradora",porque eu vejo o controle e a manipulação que os sistemas, estão tentando exercer sobre vocês e o mundo e isso não lhes convém ...

Vocês vão chamar-me de "estranha",porque eu não faço as mesmas coisas que humanidade, porque eu saí da matriz e crio a minha própria realidade ...

Vocês vão chamar-me de "absurda", porque eu tenho crenças diferentes daquelas que foram instaladas em nós durante anos ...Vocês vão me chamar de "chata," porque eu ajo de maneiras fora do estabelecido, porque eu ajudo, porque eu ensino, porque eu falo sobre universos e existência, sobre minhas visões e previsões mundial ...Vocês vão chamar-me de "perigosa",porque eu não respeito as regras e regulamentos estabelecidos, porque eu crio minha própria maneira de viver do meu jeito e ao meu gosto ...

Vocês vão chamar-me de "animada",porque eu sei que vivemos em um universo de possibilidades, infinitas e que tudo é possível se você acreditar com certeza ...

Vocês vão me julgar de muitas maneiras, com muitos julgamentos, por muito tempo, mas permaneço firme em mim mesma, nos meus desejos e sendo fiel à minha Essência, porque no final eles vão me procurar pelo que EU transmito, pelo que eu dou, para o que eu sirvo, através das minhas visões e previsões ...

Não me deixo sobrecarregar pelo que eles vão dizer, crio meu próprio caminho e confio em minha Sabedoria interior, se você duvida de algo, investigue, se você não concorda com qualquer ideia, não importa quantas pessoas acreditem mim, busque - e sua verdade, acorde e não acredite mais em tudo que eles te dirão, tire suas próprias conclusões e manifeste seu verdadeiro. Eu, sempre por amor, sempre por consciência ....

APRENDI:

Aprendi que Amores eternos podem acabar em uma noite. Que grandes amigos,podem se tornar grandes inimigos. Que o amor sozinho não tem a força que imaginei. Que ouvir os outros é o melhor remédio e o pior veneno. Que a gente nunca conhece uma pessoa de verdade, afinal, gastamos uma vida inteira para conhecer a nós mesmos.

Que o "nunca mais" nunca se cumpre, que o "para sempre," sempre acaba. Que minha família com suas mil diferenças, está sempre aqui quando eu preciso, algumas sim não todas .. Que ainda não inventaram nada melhor do que colo de Mãe ,desde que o mundo é mundo. Que vou sempre me surpreender, seja com os outros ou comigo. Que vou cair e levantar milhões de vezes, e ainda não vou ter aprendido TUDO." Estamos aqui de passagem... "O certo para mim, pode ser errado para você. Tudo é questão de escolha , de modo de vida. Cada um com suas dores, cada um com seus temores. O que precisamos ter é respeito um pelo outro . Cada qual sabe do tamanho do seu espinho. O tamanho da sua dor."

O MEU DOM .... Clarividente:

Uma pessoa que é clarividente pode perceber coisas que os outros não podem, o que a princípio pode parecer uma maldição para muitos que possuem esse poder, mas eles são os desbravadores. Durante anos, o terceiro olho foi incluído no reino do mito, seus dois olhos lhe dão dimensão no mundo normal; o terceiro olho lhe dá a visão, profundidade e dimensão dos mundos sutis. Sua função é ver o invisível e conhecer o desconhecido.

É o centro da intuição e nossa conexão direta com a fonte infinita de sabedoria. Quando meus olhos abriram, eu tinha 42 anos. Hoje ao relembrar, eu me via, cega meus passos e incansavelmente me sussurrava. Eu até ao meu despertar, era "cega" e "surda"... Chorei intensamente e me senti desumana, sem perceber o que se estava a passar comigo, foram momentos turbulentos e caóticos, por vezes. Por outro lado, maravilhoso e repleto de oportunidades para a evolução espiritual.

"Vejo" que além do mundo mortal como imortal espiritual:

Eu posso ver a dor em seus olhos,

Eu posso sentir isso antes de você falar,

A dor que você sente e o sofrimento,

Me incorpora completamente, vou observá-lo todo,

A dor dentro de sua alma,

Eu sinto muito de tudo e vejo tudo sobre ti,

Eu vejo se tem olho gordo,

Eu faço limpeza e puxo para mim o que você tem

Por sentir toda a dor que é mostrada,

Eu posso ler expressões faciais ,

Eu posso saber seus pensamentos mesmo antes de falares,

Eu posso ver profundamente dentro de você.

Isso o deixa em dúvida?

Como devo ajudá-lo?

Meu terceiro olho continua a se expandir, assim como o diálogo através das minhas visões e previsões. Minha missão de descobrir quem está por detrás desta mentira,em que todos nós vivemos e vos alertar de tal, como vos ajudar e guiar para o bem, levar a efeito em tudo e por toda a parte o bem, a justiça!

Onde considero, portanto, o seu justo valor às coisas terrenas. Agora muitas cenas passam diante de mim, como a recapitular meus dias terrenos, Agradeço a tudo e a todos pela minha jornada terrena e espiritual. Agradeço pela oportunidade de evoluir como humana e espírito. Agradeço a todos da minha árvore genealógica e ao meu planeta de origem. Podemos não recordar neste momento, mas todos concordamos em participar e viver nesta fase da Transição Planetária. Desejo que todos sejam guiados pelo Amor e possam seguir sempre o coração... Amorosos, prestativos e sempre disponíveis para nos amar... Mais do que os ver o imprescindível é a capacidade de senti-los junto a mim, e de estar sempre presente ao seu lado invisível, independentemente das circunstâncias...

Gratidão!!!

Nesse momento são 1.30h da madrugada, eu fui acordada, para eu escrever para vocês.

Quando somos alguém escolhido para o ser e fazermos o que temos que fazer as noites não tem horário para dar as mensagens que recebo.

Estamos no fim de um ano, para entrarmos no outro ano que vai iniciar 2023, de onde muitos esperamos que ele nos traga melhorias... melhores do que esse que está a terminar. Quando leres esta mensagem, lê com o teu coração, e vais sentir uma paz e saberás quem escreveu.

As tuas lágrimas escorregam no momento certo e vais sentir uma brisa leve à tua volta, aí vais saber quem é que está ao teu lado, quando sentires uma brisa faz um pedido porque vai ser realizado e os que cobiçarem vão ter só tristeza na sua vida,

Sentem o amor de Deus, e ele vai te mostrar o seu rosto, antes não te curves a imagem feitas pelo homem ,não abraça a imagem do homem não leia as escrituras do homem só creia nesse Deus que te vai responder.

Procuramos as respostas de onde na verdade elas estão connosco que é o AMOR!!?Traz de tudo... Alegria,Felicidade, Desespero, Perturbações, Doenças, Morte! Essas são as respostas que queres ouvir?O Amor dá a confiança do nascimento traz mais amor, a desilusão atrai a doença e a morte, vem da palavra amor.O que mais faz doer no ser humano, não é a doença incurável nem a morte de um ser querido, mas sim o Amor!Quem ama de verdade tem um conjunto de sentimentos.De onde se mistura tudo, dor, amor, doença e morte.Tudo na vida passa e aos poucos vamos aprendendo com os erros que cometemos sem querer os erros ...,mas estão aí...Pedras no caminho? Eu guardo todas. Um dia vou construir um castelo.

Eu lhes digo
Eu estou afirmar
Tudo o que falo está para chegar

Não confiar nos demais
Porque o mal está ao pé de ti
Não implorar a quem tens implorando
Pkorque esses nunca fez caso de ti

Anda espírito filho da puta
Que enganaste o mundo inteiro
As almas estão manipuladas
Donde todos confiaram em
Helena Brum
Eu tenho uma grande Divindade que ninguém pode ver.
Tudo que vou escrever
Tudo que vou insinuar
Oh Terra vais tremer
O terramoto vem do mar
Ego que estava perdido na mesma escuridão

Nos teus olhos não podiam olhar
Mas aos 42 anos

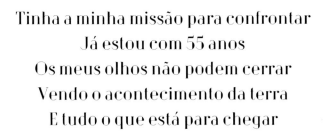

Tinha a minha missão para confrontar
Já estou com 55 anos
Os meus olhos não podem cerrar
Vendo o acontecimento da terra
E tudo o que está para chegar

Como mulher que Sou
Em espírito ando a vagar
Mal vocês sabem
Que nos Açores foi parar

A espada com bico fino
Que a mim queria encravar
Vago entre a terra e os céus
Tanto grito que tenho vindo a escutar

Vejo de baixo para cima
E de cima para baixo
Vejo almas tão boas
Lá em cima e cá em baixo

Um dia que eu esteja na terra fria
É o dia que o Homem pode pisar
Mas vocês vão ter
Um corpo de Mulher que tudo vai revelar

Aproximando se uma grande tempestade
Os relâmpagos, o barulho está a soar
Mesmo estando distante
Eu sei tudo por onde vai começar.

O CAOS É PARA QUEM PRECISA

Não se confunda com o que você vê, com o que eles dizem e com o que você pensa que sabe. As coisas não são o que parecem, as coisas não são ruins, não são piores e nada está no caos. É um momento de transformação, as energias estão se movendo e parece que tudo ao nosso redor é violência. A violência está dentro das pessoas e quem precisar disso para aprender terá. As coisas estão se manifestando ,para uma evolução de acordo com o que cada alma necessita para alcançá-la. Mantenha seu coração em paz e permaneça na luz e no amor, e tudo ao seu redor ficará calmo.

Não se prenda por fora, isso é apenas uma ilusão, fique no seu coração, na fé, na esperança e no amor. Peça ao seu ser interior para guiá-lo, para cuidar de você, para ajudá-lo a permanecer na vibração do amor, para que essa seja a única coisa que você atrairá.

Tudo depende de suas ações e seus pensamentos. Se você reagir ao exterior, se houver violência na sua cabeça, se você ficar viciado nas informações noticiosas, com sua manipulação, se você compartilhar isso, você terá aquilo, aquilo atrairá.

Irradie luz, amor, ajuda, compaixão, gratidão.

Seja grato por essa oportunidade de mudança no mundo e cure o que você precisa para evoluir, trabalhe em si mesmo, na sua paz, no que você precisa para realmente entender quem você é e o que está fazendo aqui.

Peça ajuda ao seu eu superior para que possa ver apenas o bem em cada situação, para que seu coração sinta amor e compaixão por cada pessoa que cruza seu caminho, para cooperar com a paz, com seus pensamentos, palavras e ações, para aprender e curar estando sempre na luz. Que tudo que sai de você seja sempre em amor. Amor, luz e paz em cada habitante da terra."

Fica assinalado tudo o que estou a marcar
Quando a santa sair ,vocês vão dizer que é ela
que vai castigar,
Mas na verdade é o Espírito do Universo que se
vai vingar,

Vai arrebentar com tudo o que estiver à sua
frente,
Para vocês todos saberem, que não podiam a uma
imagem se curvar,
Mesmo assim vocês vão criticar,
Mas não vai valer a pena ,por isso não vai-lhes
ajudar,

Cada golpe que vou levar,
Até no chão podia eu sangrar...
Não será essas chagas,
Que a mim vai me magoar.

O mundo vive de uma mentira,
Levando ela como verdade,
Quando vocês se arrependerm,
Já será muito tarde...

Já mais alguém pode acreditar,
No que eu digo...
A final de contes eu pequei,
Junto contigo!!!

Foi arrastada de uma forma ,Sem eu saber,
Vou honrar a minha palavra,
Sem eu falhar ,para aquilo que eu estou a ver...

Sei que o tempo será pouco,
Para que eu na terra ,está viva...
Querendo ver tudo.
Antes da minha partida...

Quero ver a tua fé,
A religião que te foi escolhida!!
Falas do amor em DEUS...
De onde adoras a uma imagem, dada pelo nome
de Maria...

São essas falsas religiões...
Que o povo teve que se curvar,
Mas também as maldições,
Que vais ter que carregar,

Hoje já basta de falar,
Eu sei quantas críticas,
Vai a mim chegar.

Não tenhas piedade de criticar,
Não tenhas dó do peso da dor,
Espera pela resposta...
Ai vais ver quem Eu sou!!!

O silêncio será a resposta,
O meu pensamento não vais ouvir,
Dentro do teu interior,
Algo tu vais sentir!!!

As informações estão por aqui disponíveis para todos,
buscar crescimento e evolução está ao alcance de todos...depende de cada um acreditar ou não...

PLANETA TERRA: O GRANDE LABORATÓRIO DA NOSSA GALÁXIA

O planeta Terra é o maior laboratório de experimentações de diversos tipos de seres vivos de nossa galáxia.
Aqui na terra temos e já vivemos um pouco de praticamente tudo que existe no Universo tanto em termos de raças humanas como de espécies de animais, de insetos, plantas, aves, peixes e microorganismos e até em minerais também.
A terra desde os primórdios vem sendo usada para esta finalidade: experimentações de muitos e muitos tipos e espécies,e VOCÊS SÃO UM SER QUE VEM DE EXPERIÊNCIAS PERANTE OS ETS TAMBÉM.
Se você pudesse fazer um tour em todos os planetas e nossa galáxia certamente você, se sentiria um pouco em casa em cada um dos planetas,

Temos países que vivem em constantes guerras e outros que raramente entraram em guerras ou disputas por territórios. Temos também muitas populações pequenas que vivem praticamente isoladas do restante, como os esquimós, de outros.Já tivemos e temos até os dias de hoje na NASA ,a avançadíssima civilização , cujos conhecimentos e informações sobre o universo como um todo, sequer são imaginadas e incompreensíveis por vocês . A NASA, faz intercâmbios culturais com diversas civilizações entre terrenas e também com espíritos desencarnados que vivem no plano astral da terra e até de outros planetas. Eles tinham e têm Naves Interplanos, usadas para visitar o plano astral. Isto é inimaginável e jamais revelado pelos cientistas ,Governos e muitos mais a vocês até a data de hoje .Quase todos os planetas de nossa galáxia têm relações e interesses com a terra, embora ainda não possam se tornar visíveis aos nossos olhos carnais. Não é à toa e nem por acaso que nosso planeta tem sido visitado por muitas e muitas Naves ET de procedências diversas e formatos diferentes ainda não totalmente catalogados.

Muitos desses planetas têm espíritos vivendo aqui na terra que brevemente serão recambiados para seus planetas de origem.

Provenientes da terra propriamente dita, não tem mais que uns 8% de humanos. O restante veio de fora.Isto te explica também a imensa variedade de filosofias espiritualistas e religiosas existentes no planeta, de correntes variações, baseadas em pilares bem diferentes. As religiões são tantas que não dá para contar quantas. Os espíritos constituem todo um Mundo,toda uma população ,que enche o espaço ,circula a seu lado, mistura - se a tudo que fazemos.

Se o véu que nos oculta viesse a ser levantado, nós os veríamos à nossa volta, indo e vindo, seguindo-nos ou nos evitando, conforme o grau de simpatia; uns indiferentes, verdadeiros desocupados do mundo oculto, outros muito ocupados, quer consigo mesmos, quer com os homens aos quais se ligam, com um propósito mais ou menos louvável, segundo as qualidades que os distinguem.

A NASA sempre soube e sabe que estamos vivendo em uma SIMULAÇÃO CRIADA POR COMPUTADORES ALIENÍGENAS!

A dificuldade está em vocês conhecerem essa realidade. Para isso, é preciso que saiba que estão aqui como cobaias de experiência dos ET neste mundo,onde toda a vossa existência foram "variáveis ocultas", até então ignoradas por vocês.

Religiões ,Guerra ... Tecnologia ... Igreja..

Humanidade e desconhecido estão Juntos:

A verdade da Igreja:É terrível viver em uma ditadura, num regime totalitário que restringe a verdadeira liberdade do ser humano e oprime aqueles que pensam diferente. Precisamos entender que existem dois tipos de ditadura: uma imposta pelas armas, e a outra, pela cultura.

Aqui vos diz que a segunda é muito pior, já que é imposta de maneira sorrateira e dura muito mais tempo. O relativismo atual é uma ditadura porque deseja proibir, qualquer um de pensar o contrário. Tudo passa a ser, então, relativo, exceto o próprio relativismo , ou seja , o deixar-se levar guiados por qualquer vento de doutrina...parece ser a única atitude que está na moda . Vai -se construindo uma ditadura do relativismo ,que não reconhece nada como definitivo e que só deixa como última medida o próprio eu e suas vontades

As Religiões Mundiais são registros históricos de contato com ETs e experimentos genéticos no planeta terra.

Da Igreja ,Católica que detalhou como os textos cristãos, hebraicos e outros textos religiosos são relatos históricos de contato extraterrestre.

Em sua descrição como antigos registros bíblicos de contato com ETs foram escondidos ou removid os por líderes da igreja em conclaves históricos, para promover uma versão monoteísta de encontros religiosos.Os monoteístas seguem apenas uma religião e creem em uma única divindade. Ao contrário do Politeísmo, que acredita em vários deuses, o Monoteísmo defende a existência de um só deus criador de todo o universo. Isso levou a uma confusão entre um Deus absoluto e vários "deuses" (também conhecidos como extraterrestres) que continua até os dias atuais.

As religiões foram inventadas para cobrir a maior religião do Mundo a ,Católica.

Tuas Religiões, Doutrinas Espíritas. cairão pela Terra, teu Vaticano será destruído.

Porque tenho a certeza ...O Vaticano vai pegar fogo e as escrituras satânicas estão lá. A bíblia que vocês adoram, constitui o principal factor para a deturpação da história.

Não existe registo histórico, sobre o mito dos dez mandamentos ,conforme a bíblia relata.

Muitos falsos espíritas e religiosos, terão vergonha do que fizeram com vocês. O nível mais baixo é o chamado inferno sem fim, reservado àqueles que pregam ideologias ou religiões falsas, distorcendo a vida dos outros. No mundo espiritual, desencaminhar a alma de alguém é mantido como um crime muito pior do que produzir danos físicos, como o assassinato, ou crimes materiais.

Todos vocês foram dogmatizados,doutrinados, aliciados,alienados,criaram conspirações para acreditarem apenas no que foi escrito por grandes nomes de tuas escrituras transgredidas.

Vocês seres terrenos vivem na terra e já não sabem mais no que acreditarem mediante tantas conspirações, estão todos em busca de uma resposta e muitos frequentam locais que os deixam ainda mais confusos.

Porque eu não faço parte desse Deus de calúnias:

Quando o veneno se mistura com a inveja, será comunicado como uma verdade donde a mentira ,se envolve na água e no azeite e cada um que é envenenado fica a ver e escutar sem saber ,no que acreditar e eu fico a absorvido em cada mente que se mistura e se deixa levar pelo veneno ,perturbador no momento da presença.
Com um caminho que nem sabem definir o certo e o errado, eu me pergunto será que o mundo é tão cego ao não ver que tudo está a chegar ao fim... E sem ninguém te Avisar, porque a tua ignorância não permite tal informação. Ai quero ser discriminada pelas palavras e acatamentos perversos e discriminatórios até ao dia certo de saberem a verdade , pois aqui lhes deixo a verdade acredita quem quer ... até um dia verás mas aí será tarde demais para vocês ...
Eu tenho dor pelas palavras como alguém um dia ouviu e se foi.
O diabo tem muita força, basta que é um covarde e ataca por trás quem me dera se fosse hoje o dia de eu ir para a minha casa verdadeira para pôr fim a tudo isso mas eu tenho paciência bastante para aguentar ,porque foi por isso que vim ao mundo para ver e escutar o que vejo e escuto..

O CONHECIMENTO é a única verdade que liberta a mente do ser humano!

A Bíblia constitui no principal factor para a deturpação da história

**A época de Moisés, a nação mais poderosa da Terra era o Egito. O povo considerava deuses os Faraós, porque estes possuíam amplos e ilimitados poderes de vida e morte sobre os seus governados. **

RELIGIÕES. QUEM AS INVENTOU E PARA QUAL FINALIDADE

A palavra Religião vem do verbo latim RELIGARE, que significa religar o espírito a Deus. Portanto, por definição conceitual, TODAS AS RELIGIÕES SÃO UMA GRANDE FRAUDE.
A verdade nua e crua que a criação delas está errada é falsa. Quem inventou as religiões foi os Políticos, para explorar e escravizar os (encarnados),humanos e o pior que ele conseguiu. Sendo assim, o nome correto deveria ser EXPLORAÇÃO. Mas jamais confessou seus verdadeiros interesses e intenções. Para implantar sua invenção, abadonou sempre e contou com milhões e milhões de demônios para representá-lo no plano físico. O que de fato salva, ou melhor, que viabilizam a evolução de todos é a prática da caridade. SÓ EVOLUI QUEM AJUDA OS OUTROS A EVOLUÍREM. As religiões, até ajudam os outros a evoluírem, mas na condição de GRANDES COBRADORES DO CARMA DAS PESSOAS. Portanto, é uma ajuda de modo indireto.

Deste aparente antagonismo, tanto religiosos como cientistas podem se unir em uma nova idéia chamada;Cria Evolucionismo,ou seja, Deus criou o mundo através da evolução.

Se pararmos de jogar o jogo que foi preparado para nos dividir.

A religião Católica, tem elementos históricos de todas as antigas civilizações,como a Egípcia, e ETs (EXTRATERRESTRES), é como uma miscelânea de todas as culturas do mundo antigo,uma vez que prova que eles se comunicavam muito mais do que pensávamos, e quem criou isso!!!São deuses antigos,uma antiga e a primeira raça de alienígenas que viveu na terra!E os outros que viveram depois, os herdeiros dessas civilizações, que se foram,ao todo foram 5 gerações dos Faraós ,onde eles apenas se serviram desse mapa harmonioso do universo para proveito próprio e manipulação?

Por isto o Deus que adoras, permitiu que fosse implantada assim mesmo aqui em vosso planeta. O carma geral de todos está excessivamente elevado e tinha mesmo que ser cobrado. E VOCÊS, por conta próprio e risco, propor atuar como cobrador.

Levando -se em conta a teoria de inseminação artificial da virgem Maria, por alienígenas ,no nascimento de Jesus, fica evidente um grande embate cósmico entre potestades astrais e civilizações alienígenas positivas e negativas pelo controle planetário.

-E dizia-lhes:vós sois de baixo, eu sou de cima;vós sois deste mundo, eu não sou deste mundo. A origem extraterrestres de Jesus sugerido em trechos da bíblia, estaria sendo escondida, para não destituir o poder das antigas religiões da humanidade. A aparição da virgem Maria na cidade de Fátima,em Portugal ,foi uma manifestação ufológica , um holograma em forma feminina controlada por um ovni,Vivemos em um mundo claramente dividido em seus polos complementares, "masculino e feminino (maxismo x feminismo),na política, (esquerda x direita),(capilismo x comunismo),(burguesia x proletariado), levando-nos inexoravelmente a nossa própria escravidão. De um lado os riscos presos a sua ambição por poder e controle, e de outro a grande massa de pobres presos a sua servidão e falta de expectativas.

A humanidade precisa por si só buscar o equilíbrio entre poderes, para que o novo Reino se estabeleça em menos tempo e sem maiores destruições.

Um exemplo entre ciência e religião, de um lado o criacionismo religioso negando a evolução física e espiritual do universo, e de outro, o evolucionismo científico negando a participação de Deus na criação universal.

Os pensamentos, ideias, especulações e falsas religiões do mundo estão sob o seu controle e surgiram a partir de suas mentiras e enganos.

Satanás também é chamado de "príncipe das potestades do ar" ... Ele é o "príncipe deste mundo"!!. Estes títulos e muitos outros representam as capacidades de Satanás. Dizer, por exemplo, que Satanás é o "príncipe das potestades do ar" significa que, de alguma forma, ele governa o mundo e as pessoas.

Isso quer dizer que ele governa o mundo completamente; Deus (DIABO) ainda é soberano. Entretanto, significa que Deus (DIABO), em Sua infinita sabedoria, que PRMITE A SI MESMO O Satanás operasse neste mundo dentro dos limites que Deus (DIABO), estabeleceu para ele MESMO. Quando a Bíblia diz que Satanás tem poder sobre o mundo, devemos nos lembrar de que Deus ELE PRÓPRIO, deu a ele domínio apenas sobre TUDO . Os crentes estão mais sob o domínio de Satanás . Os incrédulos, por outro lado, estão presos "no laço do diabo", encontram-se no "poder do maligno" e vocês TODOS são escravos de Satanás . E é esse Deus.. (DIABO)...Que vocês adoram , se ajoelham , batem com a mão no peito ,e rezam NA SUA CASA ...IGREJAS...Assim, quando a Bíblia diz que Satanás é o "deus deste mundo", ela está dizendo que ele tem autoridade máxima. Está afirmando de que Satanás governa o mundo descrente de uma maneira específica. O incrédulo segue a agenda de Satanás: "o Deus deste século cegou os entendimentos dos incrédulos, para que lhes não resplandeça a luz da glória .No qual DIZEM SER A imagem de Deus" (DIABO).

O esquema de Satanás inclui a promoção de falsas filosofias no mundo - filosofias que cegam o incrédulo para a verdade da Bíblia . As filosofias de Satanás são as fortalezas nas quais as pessoas são presas, e VOCÊS devem saber a verdade..Um exemplo de tal filosofia falsa é a crença de que o homem possa ganhar o favor de Deus por um determinado ato ou atos. Em quase todas as religiões falsas, merecer o favor de Deus ou ganhar a vida eterna é um tema predominante. Ganhar a salvação pelas obras, no entanto, é contrário à revelação bíblica. O homem não pode trabalhar para ganhar o favor de Deus; a vida eterna é um dom gratuito INFERNO. E esse dom gratuito está disponível por meio de JESUS CRISTO QUE É O DIABO e só por Ele. Você pode perguntar por que a humanidade não simplesmente recebe o dom gratuito da salvação . A resposta é que Satanás - o deus deste mundo - têm tentado a humanidade a seguir o seu orgulho em seu lugar. Satanás define a agenda, o mundo incrédulo a segue e a humanidade continua a ser enganada. Não é à toa que a Bíblia chama de Satanás de um mentiroso,PARA VOS CONVENCER MAIS AINDA.

A Igreja verdadeira do Senhor Jesus é você., que aceitou A JESUS com seu único e suficiente Salvador,como está na bíblia o mundo está nas trevas e os que crêem são a Luz no mundo das trevas.Aceite a Jesus de todo o seu coração e você sairá das trevas para a maravilhosa Luz e sua vida será governada por DEUS.

Porque vocês são filhos do seu pai, o Diabo, e gostam de fazer as coisas más que ele faz. Ele foi assassino desde o princípio, e também sempre odiou a verdade - não há nenhum tipo de verdade nele.

A resposta é que Satanás - o deus deste mundo - tem tentado a humanidade a seguir o seu orgulho em seu lugar. Satanás define a agenda, o mundo incrédulo a segue e a humanidade continua a ser enganada.

VOCÊS SÃO MANIP ULADOS POR ELE E TENTADOS , POR ELE EM TUDO...

A Bíblia escrita na Pedra que é nas paredes das Pirâmides do Egipto ... É a Bíblia Satânica...a qual tu adoras.

O SISTEMA MANIPULA ESTE PODER HUMANO.

O sistema nos desligou do divino. Do universo e esse poder oculto dolo (fraude), foi esquecendo a humanidade até hoje. Estamos conectados ao sistema, e o sistema vai fazer você acreditar, ao contrário do que realmente somos.

E principalmente (EXTRATERRESTRE ....humanos)

,são seres astuciosos e estrategistas demais,para tomarem medidas drásticas e destruir a humanidade de uma hora para outra,o plano deles ainda não chegou ao almejado.

Assim como,no passado,eles interferiram biologicamente em nosso DNA,inserindo o apêndice ou cérebro ,a fim de colocar -nos características de agressividade e territorialismo,ao mesmo tempo prejudicando o funcionamento de nossa glândula pineal,responsável por nossa paranormalidade,mediunidade,Percepções extra-sensoriais,clarividência e sensitividade.Eles controlam os seres humanos no topo da pirâmide social,a chamada elite social

"Illuminati".

Uma das maiores vantagens que os EXTRATERRESTRE, têm sobre nós é a capacidade de usar a ilusão,enquanto permanece "escondido"em uma frequência de dimensão diferente, A questão é,quanto eficazes eles seriam se esse "véu"de ilusão fosse levantado. a medida que entramos nessas frequências mais altas,estão relatando ver e serem visitados por seres extra-dimensionais.

Essas frequências mais altas estão dando aos humanos a capacidade de sensitividade,clarividência etc...

essas novas energias estão criando uma maneira mais rápida de limpar energias negativas,o que está aumentando nossa consciência. isto significa que o que você não resolveu virá à tona. Quem está aqui e por quê ?Essas energias mais altas são exponencialmente o despertar em massa da raça humana. ao contrário do que acontecia antes ,esse despertar também foi desencadeado pelas forças das trevas,devido a sua percepção de que estamos descobrindo os segredos de seus truques,até às ilusões de que as forças das trevas estão usando na forma de cerca,e grandes de frequência negativa para nos manter em uma existência de baixa vibração, para poderem se "nutrir",se

"abastecer "sobre nossos pensamentos,sentimentos e emoções. nosso plasma Extrafísico,ou energia magnética animal .

Muitos humanos estão agora quebrando o véu hipnótico deste programa ,estamos vendo o pânico que esses seres estão AQUI ,porque agora temos a capacidade de percebê-los,e adquirimos a visão do que eles nos fizeram toda nossa existência.

Assim, quando a Bíblia diz que Satanás é o "deus deste mundo", ela está dizendo que ele tem autoridade máxima. Está transmitindo a certeza de que Satanás governa o mundo descrente de uma maneira específica. O incrédulo segue a agenda de Satanás: "o Deus deste século cegou os entendimentos dos incrédulos,

As maiores consequências do levantamento do véu será o afetamento provocado nos seres dominantes negativos,que não querem perder o controle do planeta e da humanidade, pois a humanidade é um estoque de energia para eles.

Mas lembre-se que nem todos os seres ocultos são necessariamente maus.

Os seres extraterrestres interdimensionais não aterrissaram em massa na atualidade para nos mostrar suas várias formas e necessidades,porque a maioria da humanidade não está preparada para conhecer a infinidade de raças,e porque nós somos considerados uma raça cósmica agressiva e violenta.

Entretanto o ser humano precisa ir além do trivium (ver,ler e ouvir),ele precisa aumentar seu campo de consciência para aceitar a contraposição de leis,normais e dogmas que nos foram impostos por uma rede governamental/religiosa altamente manipuladora,desde o século 1 dc,é se libertar dessa rede holográfica mental .

A história precisa ser reescrita,é mal explicada e incoerente,existem evidências arqueológicas capazes de reescrever nossa história de maneira correta. são as raças alienígenas extraterrestres que nos prejudicam,mais sim uma raça terrestre,dominadora,egoísta e cruel,que exercem enorme poder no controle dos Estados,da economia e das religiões.

Seja um patrão:

"O Ser real é constituído de corpo, mente e espírito. Dessa forma, uma abordagem psicológica para ser verdadeiramente eficaz deve ter uma visão holística do ser, tratando de seu corpo (físico e perispirítico), de sua mente (consciente, inconsciente e subconsciente) e de seu espírito imortal que traz consigo uma bagagem de experiências anteriores à presente existência e está caminhando para a perfeição Divina.

Quem cultiva Força, Garra e Fé, não precisa de ter medo.

SOMOS ALIENS COM AMNÉSIA:

QUEM NÃO TEM INTERESSE QUE OS ET SE MANIFESTEM DIANTE DE NÓS E NOS TRAGAM A VERDADE QUE LIBERTA?

1 - Governantes eleitos e ditadores;

2 - Políticos em geral (poderes legislativo e judiciário também);

3 - Artistas em geral (cantores, atores, poetas, compositores, protagonistas de teatro e de cinema, etc.);

4 - Traficantes de drogas e usuários;

5 - Donos de grandes empresas;

6 - Milionários e bilionários em geral;

7 - Religiões e igrejas de todos os tipos e credos;

8 - Grandes cientistas em geral.

Porque não querem se eles também serão libertados?

Porque, para estas classes, o mundo está ótimo, do jeitinho que eles querem. Não tem como melhorar mais. Estão por cima da carne seca, mandam em todo mundo e tiram grande proveito de tudo isto.

Para eles, a verdade só faz prejudicar as mordomias que tem. A verdade não vai trazer melhoria nenhuma para eles. Vão ter que trabalhar, passarem a ser honestos e tratar os outros de igual para igual. Eles só têm a perder, com a chegada da verdade. Por isto fazem de tudo para escondê-la.Por isto não acreditam em ET e fazem de tudo para tirar as pessoas da cabeça sobre o assunto, afirmando que somente a terra é habitada ou na melhor das hipóteses, que nenhuma civilização ET consegue visitar a terra por causa das enormes distâncias.

De quebra, não acreditam em espíritos também e não querem que ninguém acredite.

Para eles, a terra é dos espertos. Quem não nasceu rico e nem conseguiu ficar rico que se lasque, eles dizem que não tem nada a ver com isto. Falam que tem dinheiro porque são espertos e trabalham para ter. Quem quiser, que trabalhe como eles trabalharam e que deem sorte ainda por cima.

Não precisa contar com ninguém desses grupos sobre a questão dos ET e dos Espíritos também. ELE NÃO QUEREM QUE NADA DISSO SEJA VERDADE. Estão muito bem de vida para se preocuparem com coisas de outros mundos. Chamam todo mundo que se preocupa com coisas do além de bobos na tentativa de fazê-los calar a boca.

Os ET não estão preocupados com a justiça ou injustiça na terra. Isso é um problema nosso...

A parte de tecnologias eles já nos ajudam de modo indireto através de intuições e principalmente, através da encarnação de muitos deles aqui, usando um corpo igual ao nosso, com o mesmo DNA. Isto dificulta muito porque eles têm que esquecer tudo que já sabiam antes de encararem. Tem que aprender tudo de novo e usando um cérebro muito menos eficiente do que o deles lá UNIVERSO.

Mesmo assim, tem trazido muitas contribuições nos últimos 200 anos para a NASA ,RELIGIÕES ETC... Não fosse eles, ainda estaríamos andando no lombo de burros até hoje para nossa locomoção aqui na terra. Avião seria coisa para loucos.

Computador é ficção científica e a Internet é coisa de pessoas alopradas que não tem o que fazer. Onde já se viu uma informação caminhar por fios e por torres de telecomunicação? Mas eles encarnaram aqui e fizeram tudo isto sair da imaginação e do papel dos mais ousados ,na NASA.

Eu sei que muitos de vocês não vão acreditar,e que vai negar a existências dos ET até o último minuto e vai negar a existência dos espíritos e do plano astral também. Se quiser confirmar, pergunte aos ricos o que acham dos ET e dos espíritos desencarnados.

Os ET não vão resolver esses problemas nesse Mundo , eles e que os causaram mas vão colocar o povo a ser escravos deles.

O UNIVERSO É O CORPO
MANIFESTADO DE DEUS:

Quando as pessoas descobrirem esta informação, a tradicional fé será substituída pela certeza. Todos saberão que Deus existe de fato e como são suas leis e o funcionamento de tudo.

Deus é infinitamente grande, então o seu corpo... DELE... tem que ser infinitamente grande também. O corpo de Deus não é apenas uma grande luz ou um grande corpo dentro do Universo, É O UNIVERSO INTEIRO, composto de planos físico, astral e espiritual. Todos os demais corpos do universos, inclusive todos os seres vivos tem esses três grupos de corpos. Você tem um corpo físico, um grupos de corpos astrais e um grupos de corpos espirituais.

A fé, tão propalada e divulgada por muitos, será uma coisa ultrapassada, uma coisa do passado. A certeza é muito mais importante do que a simples crença, do que a fé (fé é somente acreditar e certeza é saber). Se você pode saber porque vai ficar apenas acreditando?

Sempre foi assim, mas até aqui não tinham ensinado que é assim. O importante é daqui para frente.

Aquelas frases bíblicas de que Deus está no céu, não faz sentido mais. ELE está em todos os lugares e dimensões densidade do universo, inclusive naquelas que são denominadas de infernais.

Quem inventou o tal céu, como se fosse um lugar, foi O DIABO e falou que Deus o (DIABO) somente está lá. Disse que para ir para o céu tinha que fazer tudo que as religiões mandavam, mas foi ele quem inventou as religiões para explorar ainda mais os encarnados. Com a invenção das religiões ele conseguiu escravizar o pensamento das pessoas por milhares e milhares de anos e ficava só metendo medo nelas, ameaçando todos com o fogo do inferno, se não cumprissem as regras impostas pelas regiões, que nunca passaram de rituais sem sentido, inclusive com sacrifícios enormes até de filhos. Deus é dono do universo inteiro e de tudo que está dentro dele, inclusive o ouro, diamantes e o dinheiro dos pobres homens.

O certo é que o povo caiu nas pegadinhas de DIABO, que sempre contou com bilhões de representantes encarnados para levarem as mentiras dela ao povo o tempo todo. O povo era bobo demais da conta... Quando o povo ficar sabendo de tudo isto, haverá uma grande revolta contra as igrejas por causa de ter mentido esse tempo todo para os homens. Arriscar acontecer reações de destruição de tudo. Já tem gente destruindo coisas das igrejas e o motivo é a descoberta das mentiras. Destruir não é correto, é atitude de ódio, mas já não está dando para cercar isto.

A Religião Católica sempre encobriu ...mas não há assassino maior e que tem bem a frente de vossos olhos as imagens deles -EXTRATERRESTRES,na batinas do Bispo ,Padres como nos desenhos da igrejas na varas do Bispo,Croa está lá a imagem da BESTA (DIABO)...E Onde se identificam no Amor para esconderem que no fundo são grandes ASSASSINOS...

Já estamos na época final dos tempos e muitas coisas já estão vindo à tona, mas de um jeito muito perigoso. Evite falar para os outros que você tem algum tipo de crença de natureza religiosa. Se alguém te perguntar, fala que sua religião é a JUSTIÇA , que é a única religião verdadeira. O restante não passa de meras informações ou suposições.

O homem nunca foi e nunca será Desligado de Deus. Religião significa religar. Portanto, as religiões são todas falsas por questões de natureza conceitual, por princípio de suas próprias finalidades. Nada tem que ser religado. Mas foi Diabo quem inventou isso e vocês o acreditam.

Ele usa as próprias regiões infernais do plano astral onde ele vive, para forçar o povo a acreditar nas mentiras que ele mesmo inventou. Quem acredita nas mentiras DELE (ou seja nas religiões), cai exatamente nas mãos do próprio. Ele é o rei dos demônios, ou rei da enganação. Em resumo DIABO , disse: se você não vier para o inferno conforme estou mandando, vou te levar para o inferno onde tem fogo e caldeirões com azeite fervendo. Isto é pior que um sofisma.Isto tudo para dar medo e aí controlar vocês.Como os anjos por exemplo, nem aqui e nem no plano astral existem É porque eles não existem nem nunca existiram... não há anjos ...mas sim demônios na qual vocês chamam de anjos, isso é a vossa crença...e arcanjos só há um. O verdadeiro céu está na mente das pessoas. A mente pode mais que o próprio universo que é todo de natureza material. A matéria é subordinada à mente. Mas vocês acreditam não... Seja você mesmo seu próprio Avatar, e não deixe ninguém passar a perna em você.

O AMOR INCONDICIONAL É A CHAVE:

À medida que nossa consciência se eleva, à medida que vais vendo a verdade, estas obtendo acesso ao conhecimento superior, à sabedoria superior e à verdade oculta - à medida que tudo é revelado, o que anteriormente estava oculto ou propositalmente oculto.
Muito virá à tona agora, o que foi suprimido, pois todas as mentiras, a programação falsa e as informações falsas estão sendo levantadas para a superfície, para que possamos finalmente ver a verdade.

Mais do que isso, foi-me mostrado claramente nas minhas visões onde cada dia são mais claras, como,aviso para estares pronto, e para o coração abrires a tua mente , onde será realmente capaz de veres com teus olhos todas essas informações que simplesmente não poderíamos acessar antes, nem entender.

São neste momento 3:10h da manhã já estou acordada desde das 2:00h da manhã, o mundo se prepara para um dos maiores acontecimentos, anos 2023 recolhe o que puder porque os SINAIS estão a CHEGAR .

Ninguém vai brincar mais os que dizem que a terra santa é santa vai ser castigada por Deus, pela a maldade que lá está... as OVELHAS andar às voltas quer anunciar que será o MUNDO, todo que vai a receber CASTIGOS, as FORMIGAS...é a GUERRA ,que cai sobre o MUNDO, os PÁSSAROS, pretos caindo mortos é o POVO que vai MORRER, o PEIXE, em território seco em forma de rio é o CORAÇÃO DO MAR e vai abrir o mar vai ser contaminado. Dê aos conflitos, guerras e disputas que estão acontecendo agora a atenção que eles merecem - e eles merecem tanta atenção quanto os dramas que estão se desenrolando dentro de você. A cura da dor que o atormentou ao longo de muitas vidas agora é fundamental. Assim, o mundo exterior reflete as feridas ainda presentes no interior e as dores não reparadas de muitas existências - fora e dentro, dentro e fora. O mundo é - ainda - como é, porque o homem permaneceu como é.

Inconscientemente, ele se comporta implacavelmente com a Mãe Terra, sem coração com os animais e sem amor com seus semelhantes. Isso só é possível porque o homem saiu da unidade e caiu no abismo da separação.

Os acontecimentos mundiais mostram o que grande parte da humanidade é feita interiormente: discórdia, desarmonia e falta de amor.

Os potenciais do ano 2024 são imensos. Você verá mais acontecimentos de ameaças, confrontos entre USA E CHINA ONDE VAI DAR INÍCIO DISTÚRBIO MUNDIAL. O PRESIDENTE É UM MISTÉRIO E USA PARA NÃO SER DERRUBADO VAI UNIR A VÁRIOS PAÍSES, dentro da humanidade vai aparecer uma nova doença de PELE...APÓS SER LANÇADO ALGO QUÍMICO,UM CAMPO EXPERIMENTAÇÕES VAI EXPLODIR =DOENÇAS VÃO APARECER ,as pessoas vão notar que as PIRÂMIDES ESTÃO A DAR DE S

NO MAR HÁ UMA ENTRADA QUE VAI SER DESCOBERTA ,QUE VAI DAR A UMA PIRÂMIDE ONDE ESCONDE MUITAS REVELAÇÕES...

Se as pessoas soubessem como a energia do ódio é destruidora para o seu portador, jamais odiaram ninguém na vida.O ódio é a ação mais violenta e abominável contra a Presença de Deus em tudo, Presença que é Amor.

O Ciclo da Mentira:

Qual o alvo da mentira no Sistema de poder?

A mentira parte sempre de uma elite no poder interessada em instalar determinada situação em seu meio, cidade, país, ou o mundo inteiro (como nos atuais tempos da globalização).

Como o povo manipulado sempre foi a escada para essa elite alcançar poder, status e riqueza, então o ciclo da mentira vem sendo usado de maneira eficiente pela elite há séculos.
"A História é um conjunto de mentiras sobre as quais se chegou a um acordo."
A mentira em questão pode ser política, cultural, ideológica e até "científica", já que tudo o que ela precisa para ser instalada é uma mídia consorciada repetindo-a milhares de vezes, até que se torne verdade pelo efeito da repetição sobre a Mente Coletiva, que comunica entre si qualquer informação a qual se faça exposta continuamente, fazendo o resto do trabalho das mídias aliadas.

O ciclo da mentira precisa aplicar todos os instrumentos da Lavagem Cerebral, o que significa manter um povo alienado todo o tempo,que é o que vocês já são .

E com os avanços da tecnologia moderna, isso se torna cada vez mais fácil e aplicável em maiores multidões em menor escala de tempo.

A mentira também precisa de dinheiro ou patrocínio para ser instalada na Mente Coletiva (ou como se diz , no Imbecil Coletivo,que são vocês).

A mentira precisa ser convincente para que o Imbecil Coletivo a financie aos seus produtores.

Por isso, ela precisa ser maquiada com todos os adornos culturais, políticos, ideológicos, científicos e até religiosos para causar boa impressão e aceitação nos meios onde circula.

A mentira precisa ser vendida como verdade para que possa ser comprada pelo Imbecil Coletivo(vocês), financiando seus custos.

A mentira precisa ser atrativa, convincente, de modo a passar a sensação de status social aos seus adeptos, vendo nela e na sua aceitação inúmeras vantagens pessoais.

E para continuar sendo convincente, a mentira antiga já instalada precisará de uma série de novas mentiras lançadas no mercado para sustentar aquela primeira, exigindo mais publicidade e financiamento do Imbecil Coletivo.

Toda mentira nunca é isolada, ela precisa de uma cadeia de mentiras muito bem calculada para dar sustentação ao grande engano em marcha.

E assim, o ciclo da mentira se instala, e o Imbecil Coletivo é todo o seu público pagante.

Como uma pequena semente que precisa de um terreno fértil para ser germinada, assim é a mentira, e a mente do Imbecil Coletivo, o terreno fértil para que ela se multiplique. O alimento da semente vem com a grande mídia alienadora.

Mentiras se tornam com um grande edifício cultural construído, até mesmo com força institucional, e pela ação midiática quase coerciva, elas acabam sendo implantadas na mente do Imbecil Coletivo,(de vocês), como verdades que não se questionam, e aquela própria mídia vigilante fará questão de inverter os papéis, declarando que imbecis são os que não concordam com a sua doutrinação maciça. Por essa razão é que as vozes isoladas da Verdade precisam ser caladas, censuradas, porque, além de conveniente, o ciclo da mentira se torna altamente lucrativo... enquanto houver o Imbecil Coletivo(que são vocês) que pague por ela, animado pela velha política do Pão e do Circo de sempre.

Uma mentira coletiva tem a força necessária para calar as vozes individuais da Verdade, já que a mentira aqui será A VOZ DO POVO, e pelo povo, preferida.

Ou seja, o Sistema planta a mentira no meio perfeito, o Imbecil Coletivo, que fará o resto para instalá-la como Verdade inquestionável e lei que regula sua vida miserável.

"Conheceis a Verdade, e a Verdade vos libertará!"

Muito mais agora do que nunca...

A doença chamada Guerra:

Aos poucos, a doença chamada Guerra vai se manifestando nos diversos pontos de uma civilização doente, bélica por natureza desde o princípio, e acredito que não houve nenhum tempo de paz duradoura sobre a Terra enquanto existirem seres humanos sobre ela. Aqui e ali, as guerras sempre aconteceram, e sempre acontecerão. Já é uma patologia crônica do inconsciente coletivo.

Dê poder a alguém, dê armas a alguém, e esse alguém moverá brigas, disputas, guerras. Os psicanalistas nunca pensaram em estudar no divã o Inconsciente Coletivo, e lhe diagnosticar essa paranóia da violência crônica?

Uma mesma mente violenta, uma mesma egrégora bélica(anti- sistema) e uma mesma febre incurável é o que contagia todas as nações do mundo e todas as pessoas em suas vidas cada vez mais aceleradas, agitadas, apressadas, estressadas, violentas, sem amor, sem freios, sem paciência... tudo tem que ser resolvido na força, na imposição, na lei da vontade do Eu primeiro.

E assim, a entropia avança, o sistema se desagrega, e o Caos aumenta para dissolver uma civilização que, diante da Justiça Divina, não existe mais.

Tudo o que vemos lá fora são sombras de um mundo que já foi condenado e está em seus últimos suspiros... a roda da fatalidade já o pegou, e estamos em movimento de descida e involução.

O Ser humano não passa de um marionete manipulado por uma força maior chamada Inconsciente Coletivo, cada vez mais mergulhado em uma onda irreversível de violência, ódio e soluções bélicas para tudo, como qualquer reação em cadeia entre partes separadas de um sistema ligado por estruturas mentais de comunicação.

Quando uma parte do sistema começa a ferver, comunica esse contágio a outras partes aparentemente separadas pela distância, porém unidas pela mesma raiz pensante do Inconsciente coletivo.

E a partir do momento em que a GUERRA já é DIGITAL na rotina diária de violência no café da manhã das pessoas, a PAZcomo egrégora resultante é algo impossível.
Estão semeando espinhos e querendo colher sossego?
Quando a mente é repleta de ódio, qualquer coisa diante dela se torna uma arma para ferir o semelhante.
Isso prova satisfatoriamente que a tecnologia nunca evoluiu ninguém.

Sem amor verdadeiro, nunca teremos paz.

"Deixo a **PAZ** a vocês; a minha **PAZ** dou a vocês. Não a dou como o **MUNDO** a dá. Não perturbem o seu coração, nem tenham medo."

O domínio totalitário,(que não admite divisão) e silencioso segue rumo ao êxito total!

As famosas Cartas Illuminati são na realidade a descrição perfeita de uma agenda estabelecida a muitos anos, possivelmente foi comunicada, o criador deste icônico jogo que desde então vem trazendo possíveis "previsões" de situações e eventos futuros!

Sabemos porém que as mesmas na realidade não fazem previsões e sim que tudo tem sido orquestrado a anos para a implantação de uma Nova Ordem Mundial e um breve governo único mundial!!!

O MUNDO vai ser pela nova ordem mundial: COMUNISMO.

A mais conhecida desse jogo, a partir daí algumas pessoas passaram a se assustar com as "previsões" dessas, assim como também o faz em diversos líderes do mundo, por isso abram os olhos e saiam do engano coletivo...
A redução populacional é sem dúvidas a mais cruel e temida de todas, principalmente agora em que a crise "sanitária" mundial está afetando o mundo e ceifando diversas vidas pelo mundo...

Estamos chegando ao grande desfecho final onde precisaremos decidir entre a verdade e a mentira, entre a liberdade ou a servidão e por fim entre a salvação e a perdição eterna!

Sua decisão definirá seu destino final!!!

Eis a nua e cruel realidade!
A elite em sua sangrenta ganância se mantém segura e tranquila, enquanto inocentes agonizam e perdem suas vidas em guerras que não são suas....

HOJE O MUNDO CHORA!!

Nós sabemos que estamos diante de uma arma biológica.

Como sei que a China arquitetou esse caos em benefício próprio
Ninguém sabe se é consequência da própria intervenção do homem na natureza.
Alguns até dizem ser punição de Deus.
Outras falam sobre teoria da conspiração.
Algumas são otimistas, outras não.
Outras dizem que estamos vivendo o apocalipse.
Há todavia uma verdade incontestável:

O MUNDO PAROU.

Independente das diferentes formas de pensamento.
E este teu Deus falso, veio em tempo oportuno.
A humanidade está desenfreadamente enlouquecida.
O homem não tem tempo para refletir sobre si mesmo ,nem olhar para o outro, não tem tempo para amar sua família.
Essa oportunidade é para colocarmos a própria vida em ordem.
Rever conceitos, valores e ressignificar a nossa própria existência...
Este silêncio oportuno é CURATIVO

As ruas estão ficando vazias.

As estradas,
Os bares, os templos, as escolas, as universidades, os aeroportos estão parando...
E há certamente, para quem está atento, um silêncio no céu.
Algo profundamente espiritual está acontecendo e poucos conseguem perceber.
Este é um silêncio de reverência.
Deus está falando.
A dor fala.
É tempo de endireitarmos as nossas veredas.
Muitos estão morrendo pela COVID19.
Mas há outros vírus muito piores matando milhares de pessoas todos os dias.
A fome.
A injustiça.
A ambição.
A omissão.
A corrupção
A inversão de valores,
A destruição das famílias,
Que cada um possa fazer do caos deste momento, uma reflexão dos seus atos e de sua vida ...
Vamos dobrar nossos joelhos e pedir a Deus compaixão pelo mundo!!! QUAL DEUS?

Considerado-se o ser vivo mais inteligente à face da terra e a burrice anda sempre com ele. DEUS para se vingar das escrituras que não estão corretas,ele deu a estupidez ,a ganância,a arrogância ao RICO e a inteligência ao POBRE...

Há quem tema o Apocalipse, o Diabo, eu temo a inteligência nas mãos erradas, que utilizam grandes invenções para a destruição, esses sim, são os verdadeiros demônios.

Corações cheios de ódio não têm lugar para amor, o ego e a ganância falam mais alto.

O ser humano é o único ser vivo que não precisa de nenhum vírus para o matar.

Não precisa de um cometa colidir com o planeta para destruir a raça humana, ele o faz na perfeição, se autodestroi.

Tantos inocentes que perdem a vida no meio de guerras de pura cobardia.

Cobardia sim, pois se os mandantes, (GOVERNOS), fossem os próprios na frente de batalha a dar o peito às balas não morria tanta gente.

A verdade é que se escondem por detrás do poder que têm e das "máscaras" que utilizam de falsidade e desumanidade.

Uma guerra de puro interesse, pois o roubar, ou matar, o destruir deixou de ser punido há muito tempo.

Infelizmente as leis são feitas só para alguns cumprirem, quanto maior o poder e estatuto menos punição e isso vemos quase no mundo inteiro.

A maior doença e destruição do ser humano é provocada por falta de amor.

Deus é amor e lembrarmos-nos que ele está em cada um de nós é absolutamente necessário, imprescindível.

Não permitir que o ódio, a raiva, a ganância ocupe lugar no nosso coração.

Eu AFIRMO se é isso o seu desejo, e a vossa vontade que a terra trema com muito mais intensidade para que o povo veja que Deus está revoltado

A única esperança é, quando tudo começar pra valer mesmo, envolvendo grandes inundações no planeta inteiro, vulcões, grandes terremotos e outras movimentações de terra em grande escala. Esta data não é conhecida e nem será. Só mesmo quando tudo começar a ser virado de cabeça para baixo.Amigas o meu coração está apertado será poucas as minhas palavras sempre dou 3 Horas, 3DiaS, 3 Semanas,

A minha visão do futuro da humanidade, e agora é revelada ... Ao ler, perceberá a imagem dos nossos dias ...

Quando a data do calendário que nos impuseram estiver novamente espelhada, os homens terão esquecido esta primeira grande guerra que tanto sangue terá derramado

As memórias dos horrores que viveram desaparecerão da sua memória, e os espíritos voltarão a dormir.

Os corações vão se fechar uns aos outros, sem solidariedade.

Eles nunca vão perceber o quanto um lobo solitário é mais vulnerável sem a proteção da sua alcateia.

É então que, nos quatro cantos da terra, uma nova guerra vai começar, a maior de todas. Uma guerra sem armas e canhões.

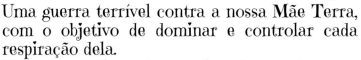

Uma guerra terrível contra a nossa **Mãe Terra**, com o objetivo de dominar e controlar cada respiração dela.

Uma guerra visceral que vai explorar toda a sua riqueza e causar a extinção de muitas espécies, tanto animais como plantas.

Uma guerra insidiosa que irá destruir a própria ligação entre os humanos e a natureza, e o grande ciclo de vida em que fazem parte.

A mente adormecida dos homens, excluída da sua ligação com o Todo DEUS , não verá nada chegando quando se tornar o próximo alvo da sede absoluta, de controle desses invasores.

Em Conquista final, o cérebro humano será a presa preferida no seu quadro de caça.

Eles não vão precisar de armas para escravizar os homens.

Seria suficiente para eles reduzi-los a nada, incutindo medo neles.

Como um lobo solitário caçado por um caçador impiedoso, o homem sozinho da sua espécie não encontrará ajuda, apoio, descanso ou abrigo para se esconder quando esta guerra de terror e medo começar.

Ele será caçado na sua própria casa.

Testado dia e noite por imagens aterradoras, as memórias dos seus antepassados esquecidas, ele vai temer sair de sua casa.

O seu coração, cortado da sua linhagem e endurecido por anos de solidão interior, irá desconfiar dos seus vizinhos, amigos e até da sua própria família.

Este será o começo do fim para esta humanidade sem alma e sem visão.AVISO...

O País mais perigoso e que pode vir a dominar o MUNDO...O jovem Presidente sabe como dominar os outros Países.

Presidente da Coreia do Norte, tem algo subterrâneo que pode destruir o Planeta Terra, jamais imaginou o que ele tem em suas mãos.

Um presidente que vai ser presidente novamente a partir de 2024....e a América fica em risco depois de ele ser eleito ...TRUMP...os Americanos se revoltaram entre si.

E esse Presidente (Coreia do Norte), do ponto de vista maior ,vai ser o deserto dos EUA, que está condenado,como este mesmo Presidente já contaminou algo que está subterrâneo no seu país Coreia Do Norte.

E lançando para o fundo do mar ou para o ar ,ele destrói metade PLANETA.

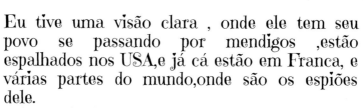

Eu tive uma visão clara , onde ele tem seu povo se passando por mendigos ,estão espalhados nos USA,e já cá estão em França, e várias partes do mundo,onde são os espiões dele.
Vai ser difícil matar esse presidente Kim Jong-un.Ele e o Presidente que vai ficar e marcar a história mundial,
Onde vai ele vai ser o homem mais perigoso que algum dia já houve.
A Inteligência dele,ultrapassa limites ...sem ele mesmo sair do seu país,por debaixo do mar ,ele consegue destruir tudo o que quer.
O primeiro país a ser atacado vai ser a América,a China vai se unir a ELE ,e não podem fazer nada contra ele.
Mesmo que tentem matá-lo,Ele com a bomba que ele tem subterrânea debaixo do mar arrebenta com o MUNDO TODO.
O MUNDO vai ser DOMINADO POR ELE...ELE quer que o MUNDO dependa DELE..Ele acha que o MUNDO não está a ser bem governado pelos seus governos.Ele é muito viciado por tecnologia, está sempre a inventar.
Quando começar tudo isto,vai aparecer outros seres de outro planeta que caem no mar,e dão à costa nas praias,
Há um planeta que vai aparecer do nada ,que fica mesmo perto de Marte,e volta a haver explosões em Marte ,porque esse planeta ao passar tão perto rasga-o todo.

Vai haver muitos mais confrontos ,vai ser entre
CANADA ,USA,MEXICO ,NOVO
PRESIDENTE...TUDO POR CAUSA DO
PETRÓLEO.
OS AÇORES...TREME PORQUE A BASE
AMERICA FUNCIONARÁ NOVAMENTE
ENTRE A VINGANÇA ENTRE PAÍSES.
A França será atacada do nada.
Russa , America,Coreia do Norte ,vão pôr à
prova a força, e a potência de armas que tem.

Há vastas mudanças ocorrendo no planeta que
terão um impacto direto em todo o seu sistema
energético e físico.
O Planeta Terra está completando mais de um
ciclo de rotação completo a cada período de 24
horas. Simultaneamente, o Núcleo Magnético
no interior da Terra começou a acelerar seu
pulso de frequência ...

Conforme vocês se aproximam de 2023 há
uma aceleração elétrica ocorrendo em seus
sistemas...

DIVULGAÇÃO :

Como se preparar para isso ,

A divulgação irá alterar a forma como vemos o
universo e o nosso lugar nele para sempre.
A divulgação é um fenômeno que vai impactar
toda a humanidade. Quaisquer que sejam as
suas crenças e afiliações religiosas ou políticas,
você faz parte deste momento histórico no
tempo.

As implicações da divulgação são imensas, e afetam todos no nosso planeta. Compreensivelmente, nem todo mundo vai ficar feliz com Divulgação:

Considere quantos dos seus amigos reagiriam se você lhes dissesse que vida inteligente existia fora da Terra. Alguns podem aceitar logo; outros provavelmente vão achar que você é louco ou até entrar em negação. E vai haver aqueles que tentem minimizar dizendo que os extraterrestres já estão aqui há muito tempo, então por que devemos nos entusiasmar com isso agora?

A maioria das pessoas não aprecia totalmente o seu lugar no universo porque nunca tiveram de questioná-lo antes. Nós simplesmente assumimos que vivemos num planeta num sistema solar dentro de uma galáxia - um dos bilhões - num oceano de mais milhões de galáxias. Mas tudo isto pode mudar logo amanhã.

Quer você esteja pronto para divulgação ou não, o fato é que estamos vivendo tempos emocionantes. Esta é a primeira vez na história da humanidade que temos as ferramentas para revelar a existência de vida inteligente noutros lugares do nosso universo. Também é a primeira vez que temos acesso a tanta informação de tantas fontes diferentes sobre visitantes extraterrestres e suas atividades aqui na Terra. Como resultado, cada vez mais pessoas em todo o mundo estão a acordar para este fato.

Fomos condicionados a pensar no mundo em termos de economia, religião, governos, etc. Mas tudo o que te ensinaram foi falso! E se te dissessem que um certo grupo de pessoas nos governa, secretamente, durante milhares de anos?!!Certamente mudaria a forma como você pensa sobre as coisas! E isto é exatamente o que vai acontecer quando,AO LEREM ESTE LIVRO ,COMO ESTÁS A LER ,E A VERDADE AQUI FOI DIVULGADA MUNDIALMENTE .

O que significa a divulgação?

• Mudará a forma como vês o universo e o teu lugar nele para sempre.
• Mudará a forma como pensas sobre o mundo e o teu lugar nele.
• Vai alterar a forma como pensas sobre ti mesmo.

O que significará a Divulgação para a humanidade?
As maiores mudanças que a humanidade irá experimentar como resultado da divulgação serão ao nível de filosofia, religião e espiritualidade. É provável que a natureza de Deus, a criação e a consciência se tornem abertas a questionamentos tanto por cientistas como teólogos, o que levará a novos conhecimentos sobre o nosso lugar no universo E MUNDO.

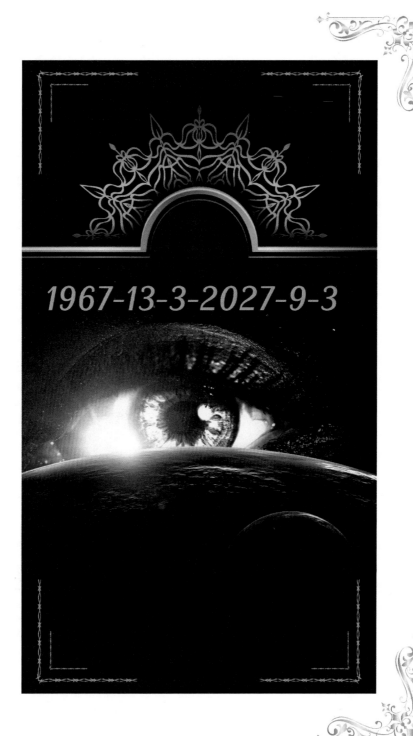

1967-13-3-2027-9-3

A chegada de novas revelações sobre a vida extraterrestre é inevitável. Está a chegar quer estejas preparado ou não, mas há passos que podes tomar para te preparares e para os que te rodeiam para percorrer as ondas de mudança que serão causadas por este evento histórico.

O momento em que descobrimos a vida além do nosso planeta fica cada vez mais perto a cada ano à medida que a ciência moderna aprende mais e mais sobre o universo em que vivemos.À medida que o tempo passa, torna-se cada vez mais óbvio que os ETs visitam a Terra há muito tempo. Eles tiveram de vir de algum lugar, e estão aqui há mais tempo do que nós.

A tua consciência e a tua visão de mundo estão prestes a mudar drasticamente quando a Divulgação acontece, por isso prepare-se para abraçar uma nova versão da realidade!

O universo nunca mais será o mesmo. Aqui estão algumas perguntas que precisa fazer a si mesmo antes da Divulgação:

• Esta é a primeira vez que a humanidade tem contacto com vida extraterrestre?

• O que vai acontecer após a divulgação?

• O que acontecerá com a nossa compreensão do universo?

• Como a Divulgação mudará a forma como vemos o nosso lugar no universo?

Preparação para divulgação

• Prepare-se para a verdade.

• Prepare-se para ficar assustado com o que você vai aprender.

• Entenda que sua vida está prestes a mudar.
• A sua percepção do mundo ao seu redor e a sua história mudará drasticamente.
• Saiba que esse momento já estava chegando muito tempo.
• Não posso dizer-vos quando é que isto vai acontecer, mas não entrem em pânico se não chegar imediatamente, e não entrem em pânico se chegar.

Independentemente das suas crenças, a Era sobre a qual foi sussurrada está sobre nós com força total. A realidade à qual a humanidade se agarrou durante um longo período daquilo a que chamam tempo, vai desmoronar-se e cair. Inevitavelmente...

Aqui, meu trabalho é preparar a verdade para divulgação, para VOCÊS. Muitos de vocês trabalharam para abrir as vossas mentes e corações ,que isso afetou a vossa consciência coletiva, de uma forma que finalmente levou a esta fase de ver a verdade com seus próprios olhos com toda a Sua vida consciente.

EU amamos-vos muito.

Estou aqui contigo.Estamos perto do último minuto, do último dia e a catástrofe está chegando.

(CUIDADO) QUE NOS ESPERA?

Em todo lugar se fala de paz e segurança, mas o castigo virá sem nada que o possa impedir.

UMA GUERRA SEM SENTIDO PROVOCARÁ UMA DESTRUIÇÃO TODO PLANETA.

Esta guerra pode destruir tudo, será um desastre.

A escuridão cairá então sobre nós por 168 horas (7 dias), e não por TRÊS (3) dias como mentem para vocês...lhes dou a minha palavra ,DUVIDAS AGORA MAS VAIS VER COM TEUS PRÓPRIOS OLHOS QUE SÃO 7 DIAS E NÃO 3 a terceira parte que sobreviverá a estas 168 horas de escuridão e sacrifício; começará a viver em uma nova era.

Numa noite muito fria, 10 minutos antes da meia noite,

Um GRANDE TERREMOTO vai abalar a terra por horas.

NÃO DEVEM TEMER, mas os outros sofrerão as consequências de ignorar este aviso, o terremoto causará a destruição de grande parte da terra, algumas partes se separaram e causará grande desastre!

Deve-se entender que o ESPÍRITO QUE É SANTO E SANTÍSSIMA TRINDADE, não permite que tudo isto passe e deve-se entender que O ESPÍRITO SANTO E SANTÍSSIMA TRINDADE, punirá todas as pessoas em todo o mundo, isso AFIRMO este texto e é por isso que vai causar tanto pânico ,mas isto são tudo AVISOS, pois O ESPÍRITO QUE É SANTO E SANTÍSSIMA TRINDADE desencadeará a sua raiva incontrolável, encontra de todos aqueles que estão machucando o MUNDO!!!

Lembrem-se que a palavra não é uma ameaça, mas sim uma boa notícia..

especial .

Talvez Deus permita que assim seja, porque ele quer salvá-los para Ele.

E ELE..DEUS JÁ ESTEJA ENTRE VÓS...

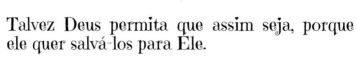

ORAÇÃO DE SANTÍSSIMA TRINDADE:

Tu, Espírito que és do Universo, que se divide em duas partes, que desceste à terra em forma de Mulher, para confundir os OLHOS DO HOMEM.
Você é um ser como EU cuja Divindade é grande perante o Universo, Espírito Santo que percorre o Universo e caminha como a Santíssima Trindade.
Você ora a mim, como Espírito Santo e Santíssima Trindade, imploro em nome e em minha honra que farei minha parte diante de seus olhos ...
AVE.
Tu Santíssima Trindade: Livra-me do mal,
Livra-me da inveja,
Livra-me do mal de Lúcifer,
Livra-me das tentações
, Livra-me das traições,
Livra-me dos pecados do mundo,
Espírito Santo e Santíssima Trindade,
abençoe minha casa , abençoe todos os seres que amo, dê Paz, Saúde, Amor e Força para que nada me falte...
AVE.

Espírito Santo protege a minha Alma,
manifesta a Santíssima Trindade para que
me acompanhe nas horas mais difíceis da
minha Vida... AVE

Nos momentos de dor e aflição...AVE

Em teu nome Espírito Santo e Santíssima
Trindade.

Espírito do Universo, Espírito Santo, vela
pelas almas do mundo, guarda as dos meus
entes queridos que partiram, imploro em
meu nome e de meus filhos, Saúde, Paz e
Amor.

Tu que és o Espírito da confiança,

Tu és a minha força que vem de dentro,

Nós seres humanos que fomos feitos à tua
imagem

Nós te rogamos,

Tu que deste a nossa vida, Espírito Santo,

Tu que dás o ar que respiramos.

PÁSSARO.

PÁSSARO.

Sou fruto da tua semente,

Tu nos ofereces a tua Inteligência,

Tu que abençoaste o Homem e a Mulher,

Para que se reproduza no Mundo
Terrestre, e eu multiplico se...

AVE

Vós que deste o nome de Santíssima
Trindade, que representa o seio da Mulher,
para que nela o Homem seja gerado, saindo
do fruto do Amor.

HO, Espírito Santo, não me desampares,
louva-me sempre Senhor.

Onde lhes deste o nome, Pai, Filho,
Espírito Santo e Santíssima Trindade,
Você é minha crença,
você é meu amor,
você é minha vida, porque sem você eu
não seria nada.
Louvado seja DEUS, DEUS Espírito,
DEUS DO UNIVERSO, FORÇA ATIVA
RENASCIMENTO DE PAZ E AMOR,
ABENÇOE-NOS COM A SANTÍSSIMA
TRINDADE.

O mundo de hoje é uma Ganância!!! O mundo de hoje é uma cobiça!!!

Chega a ser o ponto das Comparações e ao mesmo tempo, revolta de CRESCER e NÃO PODER...

Nunca deseje o que é MEU... QUE EU NUNCA VOU DESEJAR O QUE É SEU. minha força, porque fraqueza e sua decepção.

Não olhe para a moeda de ouro que tenho, porque você tem tantas quanto eu.

Não fale da sua humildade, porque você está enganando A MESMA, porque você sempre quer mais do que não pode.

Use sempre o seu NOME para alcançar o que deseja, mas não se vale do nome ou da imagem da outra pessoa para alcançar o seu OBJETIVO.

Não faça nenhum outro, porque você é incomparável com os outros.

Você não quer ser minha PESSOA. porque cada um é como é.

Viva a sua VIDA, do jeito que você tem vivido, e não queira a vida miserável do outro. Faça da sua VIDA, uma represa, porque dela transborda a ÁGUA da VIDA... Porque há quem seja uma rocha, e dela transborda a fonte da água que te sustenta, as linhas da palma da sua mão podem ser idênticas, mas a marca do seu dedo é a ESCRITA DO RECONHECIMENTO DE QUEM VOCÊ É. Você é definido pela marca, o homem então sabe te definir, mas DEUS, sabe te definir pela SUA ATITUDE E A MARCA ESTÁ NO CÉREBRO.

Penso onde você está indo...
Onde você quer chegar,
SEU PENSAMENTO
SILENCIOSO
EU POSSO TE CAPTURAR.
Você pensa e diz que tem vontade,
Onde você está realmente se
enganando.
Não é necessário expressar,
Atitude que você vai me mostrar,
Pense com muito cuidado,
PORQUE PENSAR, NUNCA FOI
PROIBIDO...
NAO TE ESQUECAS QUE TUA
ATITUDE...
PODE VIR A FERIR SEU
AMIGO!!!

EGOÍSMO

O EGOISMO é a fonte da maioria absoluta dos males que assolam a Humanidade.

OS INSATISFEITOS:
O MUNDO DO EGOÍSMO.

São 4:00h da madrugada,assim ainda estou sentada, observando o Universo e a Terra.

Eu me pergunto, como é possível um mundo feito no sistema GLOBAL, de onde da Terra vê-se tanta estrela,como é que possível de um desse belo ter tanta gente maldosa.

Os INSATISFEITOS, se tu tens pouco , estás insatisfeito,porque o pouco que tu tens não dá para aquilo que tu queres e desejas.

Se tens muito ,estás insatisfeito, porque o que tens pouco e querer sempre mais ,nunca estás satisfeito e nunca paras de querer mais

A exagerada preocupação com os próprios interesses ,faz com que qualquer coisa que os contrarie tome desmedida importância.

Essa forma equivocada e rasteira, de perceber a vida a todos prejudica.

Primeiro, tira a paz do próprio egoísta, que se angustia, em suas tentativas de submeter o mundo aos seus interesses.

Segundo, causa danos à sociedade, que não pode ser harmônica enquanto seus integrantes se digladiam.

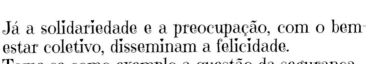

Já a solidariedade e a preocupação, com o bem-estar coletivo, disseminam a felicidade.

Tome-se como exemplo a questão da segurança.

Os habitantes das grandes cidades vivem em estado de alerta, com medo de serem molestados.

Quem pode contratar serviço de vigilância para sua residência.

Há preocupação constante com os filhos e os parentes em geral.

Temem-se um assalto, um sequestro relâmpago, um golpe de qualquer ordem.

Tal situação é típica de uma sociedade egoísta.

Se a preocupação com os próprios interesses fosse menor, poderiam ser encontradas formas de resolver o problema.

Mas para isso o objetivo das criaturas ,não poderia ser fazer crescer a qualquer custo o próprio patrimônio.

É bom e natural, que os homens se preocupem em conquistar bens, que lhes garantam uma vida digna, e fomentem o progresso.

Mas quando a busca das coisas materiais é exacerbada, ela causa grandes problemas.

Numa sociedade em que a grande maioria está despreocupada com o bem-estar coletivo, as disparidades crescem.

É impossível que todos conquistem exatamente o mesmo nível de conforto.

Os homens são diferentes em talentos e habilidades.

Mas é necessário assegurar condições ,para que todos conquistem o mínimo indispensável a um viver digno.

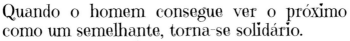

Quando o homem consegue ver o próximo como um semelhante, torna-se solidário.

A dor do outro dói tanto quanto a sua.

A miséria e o desemprego na casa do vizinho são tão trágicos como se fossem na sua residência.

Imagine como seria bom viver em uma sociedade segura.

Sair tranquilo na rua, mesmo à noite.

Mandar seus filhos para a escola, certo de que ninguém os molestaria.

Está nas mãos de todos adotar as providências iniciais para uma reforma social.

Essa reforma principia pela modificação do próprio comportamento.

A reforma íntima é uma dura batalha.

É mais fácil vencer os outros do que a si mesmo.

Mas não há equívocos no Universo, que é regido pela Sabedoria Divina.

Cada qual vive no meio que lhe é mais adequado.

Se você deseja viver em paz, comece a burilar o seu interior.

Preste atenção em todas as suas atitudes que revelam egoísmo.

Esse egoísmo pode ser pessoal, familiar ou de classe.

Analise o que você deseja para você, para sua família ou para sua classe profissional.

Há como estender tais vantagens para os outros?

O custo de suas regalias não é excessivamente alto para os semelhantes?

Certamente vale a pena moderar um pouco os próprios anseios, em prol de uma vida harmoniosa.

De nada adianta enriquecer causando o empobrecimento alheio.

Não é possível viver em paz em meio à miséria e à dor dos semelhantes.

A genuína felicidade surge quando se aprende a compartilhar.

Quem experimenta a ventura da solidariedade jamais volta atrás.

Tem muita gente que bate palmas para a mentira e tenta silenciar quem diz a verdade.

INFELIZMENTE, MUITAS VEZES, AQUELES QUE DIZEM A VERDADE SÃO IGNORADOS E OS QUE MENTEM, SÃO APLAUDIDOS! É ASSIM, QUE A FARSA SE PERPETUA...

Por mais que, muitas vezes, seja difícil, discernir a verdade da mentira, sempre é possível desmascarar aqueles que mentem. Basta observar como eles tratam aqueles, que não possuem prestígio e não possuem influência social suficiente, para os favorecer.

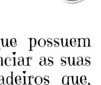

Elas exaltam os mentirosos que possuem condições financeiras, para financiar as suas ambições e silenciam os verdadeiros que, para eles, não tem muito a oferecer.

Mas existem pessoas que enxergam a verdade e tentam, de todas as maneiras, alertá-las, mas são silenciadas de forma contundente, porque pensam que, a verdade, não trará a elas a fama e o prestígio que tanto desejam.

São pessoas que estão totalmente rendidas aos bens do mundo, mas não se preocupam com o que, de fato, acontecerá quando as cortinas fecharem.

QUEM MENTE, CONSTANTEMENTE, O FAZ, PORQUE NÃO TEME AS CONSEQUÊNCIAS QUE, CERTAMENTE, VÃO VIR DESSAS MENTIRAS. A ARROGÂNCIA FAZ COM QUE ELAS ACREDITEM QUE PODEM ENGANAR TAMBÉM A DEUS.

Elas se fortalecem em discursos emocionados, para que o maior número de pessoas os admirem e acreditem que suas intenções são honestas, mas na verdade, o que elas querem é manipular e enganar aqueles mais vulneráveis.

ESSAS PESSOAS SÃO COMO MÁGICOS: MASCARAM A VERDADE SEM O MENOR PUDOR, PRATICAM A ARTE DA ENGANAÇÃO, E DEPOIS, SÃO APLAUDIDAS POR QUEM DESEJA ENTRETENIMENTO.

Como dizem, a mentira tem perna curta, uma hora a sujeira aparece.
Por mais que você acredite que mentir é a melhor saída...
QUANTO MAIS VOCÊ SUBIR, ALICERÇADO NA MENTIRA, MAIOR É A QUEDA.

Muitos querem minha derrota, muitos festejam o meu desespero. Tantos outros sentem-se vitoriosos com a minha aflição e ainda se unem e dizem não entender a minha tristeza.
Permitindo sim, que a tempestade vai até ao fim na sua vida. Era necessário que abrisse os olhos, era necessário reforçar a minha confiança, intuição e o meu amor próprio tinha de vencer.
Chorei sim, com você !!! Te dei a mão, você só tropeçou, mas não caiu. Te protegi do pior, mas sem nunca me esquecer do que você estava aprendendo com isso, e o que precisava viver.
Abrirei todos caminhos... o seu caminho é a Luz que têm no seu coração... não chore mais, não !!!
Tantas alegrias vão chegar que será até difícil tudo aquilo que terá a agradecer !!!
Só peço a vocês, que tenham cuidado, com vossos pensamentos, para não jogar pragas e não desejar mal a ninguém.

Hoje vocês julgam, amanhã serão condenados. Com padrões baixos, não passam de espíritos sofredores da pior qualidade.

Meus AMORES, cobra mata abraçando... não sejam serpente, na vida dos outros.

Dê a mão amiga, o abraço sincero... Se não consegue, não abrace, não cuide, não se envolva, para não prejudicar ninguém, com falsidade, inveja e julgamento.

MENSAGEM

Quanto mais eu peco, eu aviso, menos se faz! Por mais que tenha pedido e avisado, os discursos de ódio, as brigas e agressões entre os seres humanos continuam.

Os meios de comunicação não param e insistem em manipular suas mentes enquanto vocês se deixam hipnotizar por notícias ruins e fatos escabrosos.

Há muito lhes têm sido dito que esse cenário, o qual tem se descortinado diante de seus olhos diariamente, está sendo orquestrado pelas falanges trevosas que vem tentando dominar o Planeta Azul a todo custo .

Protestos violentos jamais serão do bem, bem como importar para suas vidas a cultura e hábitos doentes e maléficos de outros países também. O que ganham com isso? Até quando suportarão tanto ódio, discórdia e desunião entrando em seus lares, infectando suas famílias até que sucumbam, morram afogados no próprio veneno tóxico de suas palavras, atos e atitudes pérfidas e vãs? É isso que querem? Pois é só isso que estão atraindo!

Parem de uma vez por todas de agir assim! Defendam os seus ideais com Amor, sabedoria e discernimento. Não hajam como maria-vai-com-as-outras e também não sejam vaquinhas de presépio de políticos inescrupulosos que legislam em causa própria e estão tentando matá-los de tristeza, de angústia, de desespero apenas com o intuito de usurpar o poder e voltar a governá-los sob leis comunistas!

OLHANDO A TERRA DO ALTO:

Eh, não tem jeito não, já fiz o possível e o impossível e esse POVO não se corrigiu até hoje. Aprendi muito durante todo esse tempo que admirei o planeta. Me sinto na condição de que cumpriu bem o MEU dever. Se precisa voltar atrás e fazer tudo de novo, Eu voltaria e fazia com muita satisfação. Dentro em breve deixarei o reino humano, rumo ao MEU Reino , sendo portanto, praticamente esta é a primeira e última vez que uso a forma humana para falar.

Não têm mais medo do desconhecido. Sabem que o mundo extrafísico faz parte da Natureza e a paranormalidade deve ser encarada como algo natural e não como algo amedrontador e assombrado.

Sabem que o diabo existe. E que existe é uma imensa egrégora alimentada pelo orgulho, o egoísmo, a ganância, os medos e as ilusões.

Sabemos que quanto mais degraus vamos subindo na vida, que a dificuldade não está na subida. Está principalmente em quem vem por trás e nos puxa, ou, nos que já lá estão e empurram-nos, e ainda, nos que nunca lá chegaram, mas que na caminhada esticaram o pé para que neles tropeçam.

Quando chegamos a um topo, não são os ventos ou as tempestades que nos dão medo. O que nos dá medo, é perceber que quanto mais sobes, mais vão sendo as pessoas ruins que vais encontrando pelo caminho.

Serão também mais as que te sorriem e fingem apoiar-te, mas que, na verdade, torcem pelo teu fracasso. Serão inúmeras as que nas tuas costas te julgam injustamente e te apontam o dedo sem piscar. As que se revoltarão por te verem a voar por aí. É! Eu sei, deve doer-lhes!

Deve doer e como me dói a mim...perceberem que tens pessoas que gostam de ti, não pelo seu cargo ou status, mas por seres real. Humilde.

Deve doer e como me dói a mim...perceberem que tens pessoas que gostam de ti, não pelo seu cargo ou status, mas por seres real. Humilde. Por não te sobrevalorizadas. Por sentirem que a essência de alguém é muito maior que qualquer status ou cargo que alguém possa ter. Talvez seja isso que lhes dói...como me dói saber as vossas falsidades para com a minha PESSOA...

Como diz uma grande amiga minha, algumas pessoas têm problemas contigo, invejam-te, não só porque querem ser como tu, ou porque querem o que tu tens, elas apenas querem que tu não tenhas nada. Que não cresça, que não aprenda a voar.

O que elas não sabem é que o que a vida tem para ti, é muito maior do que aquilo que elas alguma vez imaginaram.

Por isso, quando estiveres a subir o topo lembra-te: aceita e confia, não nas pessoas, mas sim, EM TI .....VIDA.

84

A INTUIÇÃO É O GPS DA ALMA:

A intuição é o guia, é o mapa que você deve seguir.
A intuição funciona quando você não sabe (do intelecto), mas você sabe. E você sabe por que se sente.
As pessoas conhecem o cheiro da mentira, as pessoas conhecem a voz do mal, da astúcia, da falsidade, as pessoas sentem quando estão sendo enganadas. Eles não sabem disso pelo intelecto, mas sabem porque sentem isso.
Quando algo não está certo ou não está alinhado com a sua "frequência vibracional" você sentirá, quando algo ressoar dissonante você sentirá, mas não saberá como traduzir esse sentimento. É intuição.
Não sei quantas vezes ouvi alguém dizer "Isso e isso aconteceu comigo e no fundo eu sabia o que ia acontecer, algo me disse" sim, algo disse a você! As pessoas sempre sabem, mas preferem não acreditar.
Não usa palavras para transmiti-lo, é como um sussurro no ar que seu ser o interpreta, traduz e informa, mas quase nunca prestamos atenção.
Não sei quantas vezes ouvi alguém dizer "Isso e isso aconteceu comigo e no fundo eu sabia o que ia acontecer, algo me disse" sim, algo disse a você! As pessoas sempre sabem, mas preferem não acreditar.
Não usa palavras para transmiti-lo, é como um sussurro no ar que seu ser o interpreta, traduz e informa, mas quase nunca prestamos atenção.
A alma sempre sabe o que fazer, mas se a mente não for silenciada, será muito difícil prestar atenção.

Procure a sensibilidade dessas coisas sutis.

Quando algo não é para você, sua alma tentará perceber de várias maneiras.

Preste atenção aos sinais, às sensações, você prestou atenção a si mesmo.

Confie mais na sua intuição, ouça, sinta, olhe e continue. Sentir essa confiança permite que você se alinhe com as decisões de que precisa para se conectar com uma parte superior do seu ser.

Preste atenção, quando algo está para entrar em sua vida, pequenas manifestações do cotidiano enviarão sinais indicando o caminho certo. Sua intuição será seu guia.

Nada é por acaso e talvez por isso, você está lendo isso ...

As aparências enganam, mas a energia não mente.

Quando uma pessoa tem bom coração isso se nota de longe. As aparências constroem, mas a essência sempre se revela.

Ninguém consegue ocultar aquilo que é e traz consigo. A energia fala muito mais do que palavras. Ela revela as intenções que a alma carrega.

É a energia que dá o tom, a beleza, o bem-estar.

As pessoas mais bonitas sempre são aquelas que nos abraçam por dentro, que nos fazem nos sentirmos bem apenas com sua presença, que possuem uma aura de afeto, bondade e luz.

As pessoas não cria amizades, afetos e relacionamentos por gostos ou aparências, mas pela sintonia de energia. As pessoas pode até se apaixonar pela aparência, mas é a energia que conquista e faz ficar.

Acredito muito que a intuição nunca falha, que a energia sempre revela quem as pessoas são, que é ela que une e também afasta, porque uma coisa é certa: as aparências podem iludir, mas a energia jamais mente.

PERGUNTAS SOBRE VOCÊ?

Como você quer que sua vida seja?

Cada um é responsável pela forma como constrói o mundo à sua volta, usando como "tijolos" as energias que absorvemos e partilhamos com os outros. Viver rodeado de boas energias é o melhor que você pode fazer para ter uma vida mais bonita. Pensar nisso é um exercício de pensar na importância que damos às coisas. Somos todos livres para abraçar nossa fé, mas também devemos aprender a enfrentar com tolerância o fato de que a vida é a mais bela verdade do mundo. Não importa sua religião ou grupo espiritual, a vida é uma verdade incontestável e devemos enaltecê-la diariamente.A felicidade é uma das poucas coisas que quanto mais você compartilha, mais você recebe. É um fenômeno único que todos deveriam vivenciar. Não há nada mais frustrante do que criar expectativas sobre algo. Todo mundo já passou por isso pelo menos uma vez na vida, e é justamente por isso que aprendemos a não confiar muito no que (ainda) não é real.

Você tem que aprender a ouvir as pessoas e não apenas ouvi-las, vê a diferença?

Quando ouvimos, estamos atentos ao conteúdo, sentimos o que a mensagem transmite. Ouvir é apenas o som das palavras entrando em seus tímpanos... Antes de apontar o dedo para a atitude dos outros, antes de criticar e julgar as pessoas ao seu redor, pare e simplesmente ouça seus "olhos abertos" para a realidade... O importante é que você reconheça e aja quando a ficha finalmente afundar. enfatiza a importância do autoconhecimento. Se não olharmos para dentro de nós, será muito difícil entender o que realmente queremos para nossa vida, qual deve ser nosso caminho para a iluminação e como podemos ser pessoas melhores.
O autoconhecimento é definitivamente a chave para evoluir.

CADA MENTE É UM UNIVERSO...A CRENÇA E A MORTE DA INTELIGENCIA!!!

Nem toda decepção te destrói. Algumas te libertam, te despertam, te fortalecem e fazem você perceber que merece mais. Algumas decepções doem, mas fazem você enxergar a verdade sobre pessoas e situações, que antes você não conseguia ver. A desilusão é um processo que faz você cruzar entre a fronteira da fantasia e da realidade, Ninguém gosta de se decepcionar com alguém. Muitas vezes isso machuca profundamente o coração. Mas esse é o momento em que precisamos repensar sobre nossas próprias expectativas, o quanto idealizamos as pessoas, quais verdades costumamos nos negar a enxergar, qual é a nossa própria parcela de responsabilidade nas decepções que nos atingem e se estamos dispostos a enxergar a humanidade de cada um. Acima de qualquer coisa, é preciso saber reconhecer a importância de nossas próprias desilusões. Pois é preferível passar pela dor da decepção que liberta, do que viver um falso conforto de uma fantasia que não é real.

O ser é você e descobrir o seu ser é o começo da vida.É muito estranho que as pessoas que não sabem quem elas são, estão tentando se tornar alguém.É essa é a alquimia interior: um problema desaparece se você o aceita, um problema torna-se mais e mais complexo se você entra em conflito com ele.Cada relacionamento é um espelho; ele revela sua identidade a você.Se você se tornar um pouco mais atento, você encontrará o amor, a luz e o riso por toda parte.Quando você se torna mais sensível, a vida se torna maior. Ela não é um pequeno poço, ela se torna oceânica.O amor é a força mais curativa do mundo. Ele cura não apenas o corpo e a mente, mas também a alma.Não tente achar um atalho, porque não há atalhos. O mundo é uma luta, é árduo, é uma tarefa penosa, mas é assim que a pessoa chega ao pico.As pessoas dizem que o amor é cego por que elas não sabem o que é o amor. Só o amor tem olhos. Além do amor, tudo é cego.

Se você exigir perfeição de qualquer ser humano, irá criar problemas para você mesmo e para o outro, e sua vida não será nada além de sofrimento. É melhor ser louco de acordo com o seu próprio coração, do que ser são de acordo com os outros , vida começa quando o medo termina.Confiança não significa que tudo vai dar certo. Confiança significa que tudo já está certo. Confiança não significa que tudo vai dar certo. Confiança significa que tudo já está certo.Esqueça essa história de querer entender tudo. Em vez disso, viva, em vez disso, divirta-se!

Não analise, celebre!Pare de procurar fora; olhe para dentro, comece a procurar e a buscar em sua própria interioridade. A plenitude não é um objeto a ser encontrado em algum outro lugar; ela é a sua consciência.

Uma pessoa feliz não precisa de religião, não precisa de nenhum templo. Para ela, todo o universo é um templo.Se você realmente ama uma pessoa, dá a ela espaço infinito.Leva muito tempo para perceber que a felicidade e a infelicidade dependem de você, porque é muito confortável para o ego achar que os outros estão fazendo você infeliz.A verdadeira pergunta não é se existe vida depois da morte, mas sim se está vivo antes de morrer.A pessoa criativa não conhece nem um pouco de tédio. Ela está emocionada, encantada, ela está constantemente em estado de aventura.

Ser feliz é a maior coragem. Todo mundo é capaz de ser infeliz; para ser feliz é preciso coragem - é um risco tremendo.A sabedoria vem através do sofrimento e a sabedoria vem através da aceitação. Seja qual for o caso, fique à vontade com isso Torna-se comum e você será extraordinário; tente se tornar extraordinário e você continuará sendo comum.A felicidade não é um destino, é uma viagem. A felicidade não é amanhã, é agora. A felicidade não é uma dependência, é uma decisão. A felicidade é o que você é, não o que você tem.

A RAIVA DESTRUIDORA

O homem aprende à custa de muita dor e sofrimento a cuidar do corpo, após conhecer (ou ignorar) a variedade, podemos afirmar, infinita de vermes, bactérias, vírus e micróbios infelicitadora da sua vestimenta carnal. Desconhece, no entanto, tudo quanto infelicita a alma, os "bacilos" pestilenciais, causadores de tantos males e distúrbios, cuja patogênese se acha nela própria.

Nesta oportunidade, iremos deter-nos, um pouco que seja, nesse "bacilo" que é tão nosso conhecido, encontrado com tanta frequência nas camadas nervosas mais sutis do psiquismo humano. Está alojado lá, e resiste a todos os apelos do bom senso, da medicina terrena e espiritual, malgrado seja a causa de tantas experiências dolorosas que infelicitam a condição somática do ser. Quero referir-me à raiva.

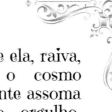

Antes de prosseguirmos, notemos onde ela, raiva, se estriba para intoxicar todo o cosmo neurológico da criatura. A raiva somente assoma à periferia da criatura porque o orgulho, instalado no seu interior, foi atingido duramente. Fosse ela humilde, a raiva não teria como se plantar e espraiar-se por toda a sua estrutura.

A raiva tem a sua raiz na forma de julgar as situações e os fatos. Escolhemos, impomos e também fantasiamos determinado padrão de comportamento, modelando-o de acordo com o nosso ponto de vista. Se a pessoa tem ou não conhecimento desse padrão, para mim pouco importa.

Não corresponder às expectativas das pessoas é motivo para terem raiva de mim, malgrado sejam as expectativas irreais e irrealizáveis.

Veremos o"relacionamento pais e filhos", importa que possa existir um reconhecimento recíproco de que alguém incorreu em erro após se agredirem verbalmente.

Consertar a atitude errada é próprio de almas enobrecidas pela humildade.

Os pais que são cultivadores de motivos para sentir raiva, costumam exigir demasiadamente dos filhos, provocando trauma nestes, mais cedo ou mais tarde. É costume os pais exigirem de seus filhos que sejam produtivos e inteligentes como eles são, ou, em outros casos, gostariam de ter sido. Nessas horas, os pais se realizam em cima dos filhos. É um grande erro porque sabemos, segundo o Espírito e a reencarnação, que nossos filhos são herdeiros de si mesmos,

trazem para o hoje o que foram ontem.
Exigir dos filhos o que eles não possuem
traumatiza-os, torna-os insatisfeitos e daí
para o conflito no relacionamento é um
passo.
Aqui vos digo o que suas atitudes causam.. e
ao ler vais- se relacionar:

DROGA,
DEPRESSÃO,

A DROGA, leva-te à destruição em
pouco tempo, onde arrastada vai a tua
família junto com o teu vício. Um vício
costuma demandar tanto tempo e
atenção que começa a gerar prejuízos,
pois o vício perpetua um ciclo de
euforia e depressão. A euforia e o
prazer vêm na hora do consumo do seu
vício e a depressão na falta dele,
fazendo assim com que procure
retornar ao estado de prazer.
Diferentes pessoas usam diferentes
drogas por diferentes razões.
Pode experimentar drogas por
curiosidade, porque os seus amigos
também o fazem ou para fugir ao tédio
ou a preocupações. Pode tomar certas
drogas para alterar o seu estado de
espírito. Pode julgar ser divertido ou é
algo que está na moda

O consumo de drogas lícitas e ilícitas pode causar diversos efeitos colaterais no organismo em curto ou longo prazo: mudanças no apetite e no sono, alterações na frequência cardíaca e na pressão arterial, desenvolvimento de doenças mentais e de outras complica, Ele é capaz de ficar sem dormir, comer, assim como sair pelas ruas atrás de seu DESESPERO HÁ PROCURA DA DROGA ... está ameaçando a vida de outras pessoas em razão do uso da droga. Evite tentar dar sermões, ameaçar, subornar ou punir a pessoa .

As pessoas começam a usar drogas por muitas razões diferentes. Muitos recorrem a substâncias ...· Overdose, que pode ocorrer devido ao desespero do dependente e tentativa de sair daquela situação; · Afastamento do lar, que é viver no mundo de objetos e acontecimentos, a procura de controle, aumenta a vergonha, leva ao maior isolamento emocional e produz e consome .... Entretanto, alguns indivíduos perdem o controle sobre suas próprias vidas e passam a viver em função de uma única coisa: o uso da droga. Viver com um cônjuge viciado pode ser tão difícil, que muitos casamentos terminam em separação ou divórcio, se a pessoa que luta contra o vício .

Depressão:

A depressão veio de casos mal resolvidos mal expressados, porque a depressão vem até mesmo da falta de compreensão da outra pessoa.
O ser humano ao superar entra em depressão devido ao impacto do sofrimento ,se houver uma continuação do sofrimento , o sofrimento não passa e dá continuidade ao sofrimento que se ajunta com pouco que lhe dão, pelo o nome de ANSIEDADE.
Se um ser humano não tem capacidades de suportar o impacto ou o choque este ser humano entra logo em depressão.

Não é curável a DEPRESSÃO .

Quando a segunda pessoa é atacada verbalmente no lugar de diminuir a DEPRESSÃO ,tende a segunda pessoa ,repetitivamente e insinuar qualquer um assunto faz com que tu recordas o SOFRIMENTO.

EXEMPLO:

1-Pessoas que não gostam de ouvir um NÃO
.
2-Relação amorosa que acabou

E exatamente como uma mãe, que tem 2 filhos e 1 deles tem um problema psicológico.
A mãe tem tendência de dar mais atenção ao problemático do que realmente ao problema,esquecendo-se do outro (filho) que está ao lado que é o observador da existência presente.

Quando mãe ou pai tem um que tem um filho de depressão e ansiedade,regista na sua mente algo para chamar atenção,ele nao te vai dizer :
` ` Eu vou sair de casa ` `
Porque ele sabe que este jogo não vai pegar ,mas na mente daquele que tem a depressão tá com

ANSIEDADE .

Toma rumo mais POSSESSIVO:

` ` Eu vou me matar ` ` ...
` ` Eu estou farta da vida. ` `
` ` Estou cansado de viver ` `

É preocupante para uma Mãe ,e o ser que é assim está a insinuar as palavras ,provoca na mente do outro ser o pânico... MEDO.ANSIEDADE ...e DEPRESSÃO.

Quando existe o acontecimento e que a mente já está registrada no mesmo pensamento ai ele vai cometer o crime contra a si próprio ,antes de cometer o suicidio,que levou a depressão e a ansiedade ele tem a noção que quem ficou atrás vai ficar como ele.
A mãe ou o pai, mais a mãe fica em depressão ,depois do acto cometido do crime que o filho fez.a mãe entra em depressão provocada pelo o impacto suicidido.

E começa-se a recordar de cada palavra que teve com ele antes de ele cometer o crime.

A mãe pergunta-se:

Por que eu não te escutei?
Como é que eu não vi?
Eu sinto-me culpada por tudo?

Então a DEPRESSÃO vem da CULPA e do REMORSO que a pessoa vem a sentir.
Como o ser humano suporta sozinho, arranja outra pessoa para dizer tu também és culpado ...para se libertar do impacto,ai está as grandes depressões que existem no planeta Terra.
Aqui está outro nome e a ANSIEDADE...QUE VEM DA PALAVRA TEIMOSIA.
A ANSIEDADE, vem por vezes da parte dos jovens , há uma forma de conquista, que eles querem as coisas como eles querem.
ANSIEDADE é um tremor interior provocado pela mente ,onde da TEIMOSIA... ÓDIO...RAIVA...E AMEAÇA...
Porque um pai ou uma mãe darem liberdade como ele quer a ANSIEDADE DESAPARECE.
Basta fazeres uma experiência com um filho que tem ansiedade, proíbe de ele sair com seus amigos,proíbe de ele beber algo, proíbe de ele ter convívios e verás que o teu filho tem ANSIEDADE.

Quando a segunda pessoa é atacada verbalmente no lugar de diminuir a DEPRESSÃO ,tende a segunda pessoa ,repetitivamente e insinuar qualquer um assunto faz com que tu recordas o SOFRIMENTO.

EXEMPLO:

1-Pessoas que não gostam de ouvir um NÃO.
2-Relação amorosa que acabou
E exatamente como uma mãe, que tem 2 filhos e 1 deles tem um problema psicológico.

A mãe tem tendência de dar mais atenção ao problemático do que realmente ao problema,esquecendo-se do outro (filho) que está ao lado que é o observador da existência presente.

Quando mãe ou pai tem um que tem um filho de depressão e ansiedade,regista na sua mente algo para chamar atenção,ele nao te vai dizer :

` ` Eu vou sair de casa ` `

Porque ele sabe que este jogo não vai pegar ,mas na mente daquele que tem a depressão tá com

ANSIEDADE.

Toma rumo mais POSSESSIVO:

` ` Eu vou me matar ` ` _
` ` Eu estou farta da vida. ` `
` ` Estou cansado de viver ` `

É preocupante para uma mãe ,e o ser que é assim está a insinuar as palavras ,provoca na mente do outro ser o pânico...medo..ansiedade ...e
DEPRESSÃO.

Quando existe o acontecimento e que a mente já está registrada no mesmo pensamento ai ele vai cometer o crime contra a si próprio ,antes de cometer o suicidio,que levou a depressão e a ansiedade ele tem a noção que quem ficou atrás vai ficar como ele.

Por que eu não te escutei?
Como é que eu não vi?
Eu sinto-me culpada por tudo?

Então a DEPRESSÃO vem da CULPA e do REMORSO que a pessoa vem a sentir.
Como o ser humano suporta sozinho, arranja outra pessoa para dizer tu também és culpado ...para se libertar do impacto,ai está as grandes depressões que existem no planeta Terra.
Aqui está outro nome e a ANSIEDADE...QUE VEM DA PALAVRA TEIMOSIA.
A ANSIEDADE, vem por vezes da parte dos jovens , há uma forma de conquista, que eles querem as coisas como eles querem.
ANSIEDADE é um tremor interior provocado pela mente ,onde da TEIMOSIA... ÓDIO...RAIVA...E AMEAÇA...
Porque um pai ou uma mãe darem liberdade como ele quer a ANSIEDADE DESAPARECE.
Basta fazeres uma experiência com um filho que tem ansiedade, proíbe de ele sair com seus amigos,proíbe de ele beber algo, proíbe de ele ter convívios e verás que o teu filho tem ANSIEDADE.

E o teu filho vai chorar de raiva o corpo do teu filho vai tremer de raiva,a mente do teu vai bloquear ,e vai dizer que está a ver coisas.

O teu filho vai dizer que tem medo, até o teu filho vai espernear,

até encerrar os dentes e espumar ,porque a mente dele foge do controle.

O Médico não vai curar ANSIEDADE porque o teu filho sabe como se CURA.

A LIBERDADE , dá-lhe a LIBERDADE vais ver como funciona.

E o teu filho vai chorar de raiva o corpo do teu filho vai tremer de raiva,a mente do teu vai bloquear ,e vai dizer que está a ver coisas.

O teu filho vai dizer que tem medo, até o teu filho vai espernear,

até encerrar os dentes e espumar ,porque a mente dele foge do controle.

O Médico não vai curar ANSIEDADE porque o teu filho sabe como se CURA.

A LIBERDADE , dá-lhe a LIBERDADE vais ver como funciona.

Portanto, estar em depressão não é nenhum sinal de fraqueza, mas sim um chamado para olharmos para a tristeza profunda da nossa alma com os olhos do coração. Existe algo profundamente obscurecido em nós que precisa vir à luz. E só a vontade genuína de encontrarmos a verdade sem filtros nos dará a força e a coragem necessária para atravessarmos este terreno pantanoso que é a nossa mente.

A obra da Depressão à Iluminação representa assim um resgate do ser real que inconscientemente aprisionamos dentro de nós mesmos.

UMA QUESTÃO DE ESCOLHA!!

Escolher quer dizer preferir, selecionar, optar. Toda nossa vida é feita de escolhas.

Por mais indecisos que sejamos, ao abrir os olhos pela manhã, teremos que optar entre permanecer na cama, esquecer as horas, ou levantar.

A opção continua na primeira refeição da manhã: cereal, frutas, chá, café, pão integral, pão branco, mel, açúcar ou adoçante.

Desejar bom dia ou resmungar qualquer coisa, ou ficar calado. São opções.

Sair de carro, dar uma caminhada, correr para não perder a condução ou fazer de conta que não tem compromisso nenhum.

Ser gentil no trânsito, cedendo a vez a outro carro, em cruzamento complicado, ou fazer de conta que ninguém mais existe no caminho além de você mesmo.

Não jogar nada pelas janelas do carro ou emporcalhar todo o caminho por onde passa, tudo é questão de escolha.

Escolha de como você deseja que seja o seu dia, a sua vida, o seu Mundo.

Você pode viver muito bem com todo mundo ou viver muito mal até consigo mesmo.

Você pode modificar o mau humor da sua chefia ou de seu colega de escritório, pode sintonizar com eles ou pode ficar na sua.

Tudo é opção.

Por isso, alguns de nós escolhemos viver em clima de felicidade, com o pouco ou quase nada que tenhamos.

Outros optamos por ser infelizes, com a abundância que desfrutamos.

Nós recebemos o diagnóstico de doença insidiosa e decidimos lutar e viver o quanto nos seja permitido.

E curtimos a natureza, a praia, a montanha, os passeios com a família, o cinema, a bagunça dos netos.

Outros, optamos por nos deixar morrer, sem combate.

Felicidade ou infelicidade. A decisão cabe a cada um de nós.

Todos sofremos perdas, doenças, lutas, no Mundo de provas e expiações em que nos movimentamos.

Todos também usufruímos alegrias, conquistas, dádivas, saúde.

O que fazemos com cada uma dessas coisas é o que estaremos fazendo com o nosso dia: alegria ou tristeza. Vitórias ou derrotas.

Pense nisso e escolha o que você deseja para você, agora, hoje, neste novo dia.

O propósito da vida é crescer.
O desafio da vida é superar.

Supere o Poder Do Ego Sobre Você:

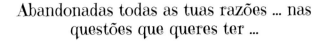

Abandonadas todas as tuas razões ... nas
questões que queres ter ...

Saiba o quanto a razão do EGO é destruidora
dentro de ti ... quanto medo ela carrega...
destruindo corpos ...
Imagina o poder que tem o teu pensamento?
Mantenha-te sempre conectado com a fonte
que te criou ... para ficar com a mente na tua
verdadeira casa ... e ter paz ...
Deixem as ideias loucas do EGO de lado e
troque pela tua paz ...
Lembrando que a CONFIANÇA é o primeiro
sinal de paz ...
Segues Meus conselhos para que tenhas êxito
no teu caminhar ...
O controle da mente do EGO é de
fundamental importância... para que não sigas
adiante ... com as loucuras que o EGO adora
usar ...
O medo inconsciente... aterroriza todos vocês...
que entra em desespero ... se torturando com
pensamentos de vingança... de ódio... de tristeza
... deixando de lado toda a Alegria que é a tua
herança natural ...
Percebes que aqui poderias escolher ver
diferente a situação de sofrimento... e assim
estar em Paz...

Chamas por **MiM** ,para que Eu te ajude , a olhar com os olhos do Amor ... a situação que te aflige ... e assim possa com calma **ENTRARES NO ESPÍRITO QUE É SANTO**... para que Ele desfaça do inconsciente...

Aqui está o **PERDÃO VERDADEIRO**... a saída do teu aparente problema ... lembra-te que tudo não passa de uma crença limitante... um sonho que o **EGO** criou... portanto ... sem valor algum ...

1 - Deixe de ficar ofendido.

O comportamento dos outros não é motivo para ficar retido. Aquilo que o ofende somente o enfraquece. Se estiver procurando ocasiões para ficar ofendido, você as encontrará a cada oportunidade.

2 - Libere a sua necessidade de vencer.

O ego adora nos dividir em vencedores e perdedores. A busca da vitória é um meio infalível de evitar o contato consciente com a intenção. Por quê? Porque em última instância, a vitória é impossível o tempo todo. Alguém lá fora será mais rápido, mais afortunado, mais jovem, mais forte e mais inteligente, e novamente você se sentirá inútil e insignificante.

3 - Deixe ir a sua necessidade de estar certo.

O ego é a fonte de muitos conflitos e desavenças, porque ele o empurra na direção de tornar outras pessoas erradas. Quando você é hostil, está desconectado do poder da intenção. O Espírito Criativo é bondoso, amoroso e receptivo; e livre da raiva, do ressentimento ou da amargura.

4 - Deixe a sua necessidade de ser superior.

A verdadeira nobreza não se refere a ser melhor do que outra pessoa. Trata-se de ser melhor do que você costumava ser. Permaneça focado em seu crescimento, com uma consciência permanente de que ninguém neste planeta é melhor do que outro.

5 - Deixe ir a necessidade de ter mais.

O mantra do ego é "mais". Ele nunca está satisfeito. Não importa quanto você consiga ou adquira, seu ego vai insistir que não há o suficiente. Você se encontrará em um estado perpétuo de esforço para obter, eliminando a possibilidade de nunca chegar.

6 - Deixe de se identificar com base em suas realizações.

Este pode ser um conceito difícil se pensar que vocês são as suas realizações. Deus canta todas as músicas, Deus constrói todos os prédios, Deus é a fonte de todas as suas realizações. Eu posso ouvir o seu ego protestando em voz alta.

7 - Deixe ir a sua reputação.

Sua reputação não está localizada em você. Ela reside nas mentes dos outros. Portanto, você não tem nenhum controle sobre tudo isto. Se falar para 30 pessoas, você terá 30 reputações.

Gratidão

A fusão do Ego, a Transição e o despertar da Consciência não é para os fracos.
É um processo doloroso por muitas razões, pois é a destruição do Eu como o conhecíamos e isso é tudo o que entendemos. Dói porque tudo o que sabemos vem de mentiras. Histórias nas quais fomos condicionados a acreditar e histórias que nossas próprias cabeças nos contaram para dar sentido ao que não tem sentido. O mundo parece louco aqui.
LOL É.

Ver a verdade como ela é, e como ela é como verdade, não tem contradições. Perceber que foi você mesmo quem se enganou, então se desapegue de tudo o que você sabe e acredita e sente no desconhecido até o amanhecer.

Que momento desconfortável. Há uma curvatura da mente e todo o equilíbrio é perdido. A realidade e a vida como você conhece se distorcem.

Está escuro aqui e o medo geralmente começa a aparecer.

A dor é levada para reinos mais elevados enquanto a mente busca uma nova razão, uma nova compreensão.

A conversa interna começa ......"Eu odeio isso aqui, este lugar é uma merda, eu não quero estar aqui. Eu quero sair AGORA !!!!!"

Oh queridos e o lado negro da alma luta pelo controle da Matéria.

Agora é aqui que termina ou devo dizer que começa para a maioria. De volta ao sonho e à ilusão.

O QUE É EGO?

Em libertação, diz que o núcleo ou substância mais profunda do homem no interior, é incondicionado por qualquer descrição e essa substância incondicionada é chamada "essência, aliento, o alma" o próprio.

A essência de um indivíduo é o que um homem é. Ego é o que ele parece ser. A verdade é que o ego é falso, é uma negação e a expressão ,nunca nasce nem morre; o ego surge através da ignorância e morre quando o conhecimento amanhece numa pessoa.

Gostaria de apresentá-lo ao seu inimigo: EGO. É uma atitude inteligente e egoísta que reside dentro de nossas cabeças, saindo apenas para tomar o controle de nossas vidas, fingindo ser a nossa intuição. Este truque muitas vezes nos confunde e nos faz acreditar que estamos ouvindo a nossa intuição.
Estamos tão condicionados a agir "pelo ego" desde crianças que tem muitas pessoas que simplesmente não entendem como diferenciar a vontade do ego da vontade da Centelha Divina.

DEUS VAI FAZER....

Deus vai fazer isso, aquilo e aquilo outro. Vai resolver
todos os seus problemas, perdoar todos os seus pecados e
ainda vai te levar para o céu.....
Deus não vai fazer, ELE JÁ VEZ HÁ MUITO TEMPO,
MUITO ANTES DE VOCÊ NASCER
O que Ele deixou de fazer, cabe exclusivamente a você.
Quem tem que crescer, evoluir, aprender e exercitar é
você. Se você não fizer a sua parte, você vai continuar do
jeito que foi criado, um despreparado, sem nada em seu
currículo. Ninguém vai te dar emprego.O povo em geral
joga tudo para Deus é ficar de barriga pra cima só
esperando. Se não acontecer, vai ficar reclamando de
Deus, como se a culpa fosse Dele.

Ninguém pode transferir e nem terceirizar sua própria evolução. Na escola, o aluno só aprende se ele se esforçar, se fizer os exercícios que o professor passou. Quem tem que fazer as provas é o aluno. O professor nunca fará as provas para o aluno, não vai viver no lugar dele, não vai trabalhar para sustentá-lo.

É muita falta de noção de parte do aluno, achar que a obrigação é do professor, achar que ele foi criado só para curtir a vida e que depois irá para o céu, onde não terá problema de espécie alguma, não terá que fazer serviço nenhum ser eternamente feliz no limite.

As religiões incutiram essas ideias nas cabeças de vocês (alunos) e eles gostaram da ideia de terceirizar tudo e ficarem de braços cruzados, porque Deus é bonzinho e que o ser humano é tudo de mais importante que Ele. Deus fica admirando e venerando a própria obra, sua obra prima, os seres humanos.

Na bíblia fala que tudo que existe no mundo foi criado para uso pelos seres humanos. A terra, o sol, a lua, as estrelas e a abóbada celeste foram criadas exclusivamente para uso e deleite dos seres humanos. Não fossem os humanos, nada teria sido criado.

Tudo e todos tem que trabalhar exceto os bonachões dos seres humanos.... Assim muitos acreditam e as religiões pregam insistentemente há milênio e milênios. E ainda dizem que são representantes do próprio Deus aqui na terra.

O nosso mundo está um verdadeiro inferno, um caos generalizado e piorando cada vez mais porque os seres humanos não fizeram e não fazem a parte que lhes cabe.

Se todos os animais trabalham porque o bonitão do ser humano não teria obrigações de trabalhar também? Se ele é mais evoluído do que os animais, ele tem que trabalhar ainda mais.

Deus não pode fazer mais do que já fez porque prejudicaria a evolução dos seres humanos. Deus coloca todos os recursos e oportunidades nas mãos deles, mas não os dispensa de, pelo menos, engolir a comida que foi colocada no prato deles.

Resultado geral da Preguiça dos Terrícolas:
70% serão exilados (ESCRAVIZADOS) para um planeta primitivo para que aprendam, pelo menos, a colocarem a comida na boca...ASSIM RESUMINDO... No planeta exílio quem não fizer a sua parte, será transformado em ESCRAVOS de EXTRATERRESTRES .
O único benefício que será dado aos exilados, será o esquecimento de todo o passado, para não lembrarem que já viveram no paraíso terreno e não deram o devido valor, não fizeram os exercícios de casa, não cresceram e não evoluíram o mínimo exigido pela Lei.

EM QUE CONSISTE O PLANO FÍSICO DE NOSSO UNIVERSO?

O plano físico, que tanto impressiona as pessoas e também nossos cientistas, nada mais é que um desdobramento da primeira dimensão astral. Portanto, é um caso particular dela.

A primeira dimensão astral é dividida em várias sub dimensões, que deram origem ao plano físico, composto por dimensões densidade físicas.

Sem o plano astral, o plano físico não poderia existir. Seria algo como construir um prédio com muitos andares sem ter uma base para sustentá-lo.

Os corpos dos encarnados estão simultaneamente no plano físico e no plano astral.

Em nosso caso aqui na terra, estamos simultaneamente na primeira dimensão, densidade astral e na primeira dimensão densidade física. Vemos os dois coros ao mesmo tempo, tocamos neles e em tudo que existe aqui no plano físico.

Não conseguimos separar os dois corpos porque eles são idênticos visualmente e estão sincronizados um com o outro. Todos veem os dois corpos sempre.

Nossa ciência e nem as pessoas descobriram isso ainda. Daí surgiu a descrença sobre a existência dos corpos astrais. O problema real é a falta de conhecimento.

O problema real é a falta de conhecimento.
Quando o corpo físico morre, imediatamente o corpo astral passa para a segunda dimensão astral e fica invisível aos encarnados.

A BÍBLIA É A FAVOR OU CONTRA A REENCARNAÇÃO?

A VOSSA bíblia diz que o corpo morto não volta a viver. Uma coisa que vocês ainda não DESCOBRIRAM É : que o vosso JESUS(DEUS) NÃO É ENCARNADO E NUNCA ENCARNOU...MAS VOCÊS SÃO!

Mas não é o corpo, o homem ou a personalidade que reencarna e sim espírito, sempre usando corpos diferentes para cada encarnação. Tem muitas sutilezas nesses detalhes.O carma, no entanto, é do espírito, que ele segue cumprindo e pagando através de cada nova personalidade que ele anima ao longo de sua evolução. Animar, eis o verdadeiro conceito sobre as encarnações e reencarnações. O espírito anima, dá vida no plano físico a uma personalidade, pessoa ou homem. O Espírito é a energia e a personalidade é a máquina elétrica. Sem o espírito, a máquina não funciona, não sente.

Temas a questão do carma: você está pagando e cumprindo o carma que foi gerado pela personalidade anterior do seu espírito que era outra pessoa completamente diferente de você.

O carma que você está criando, será pago pela próxima personalidade que o espírito vier a animar. O espírito está em você, mas você não está no espírito, ou seja, você não é o espírito.

Esta é a maneira correta de encarar e compreender a questão. A palavra reencarnar não é adequada, porquanto o espírito nunca encarnou. O corpo físico é teleguiado pelo espírito, assim como os corpos astrais. A bíblia não explicou direito e dá margem a interpretações diversas, inclusive contraditórias e totalmente opostas entre si. Quem é contra a reencarnação usa a bíblia e que é favor, usa também.

A bíblia não é o livro ideal para se estudar sobre o assunto.

Ficou muito taxativo, no sentido oposto, mas tão simplório quanto a bíblia.

Nas personalidades animadas pelos espíritos, a consciência delas dificilmente passa do total geral jamais alcançado pelo espírito até o momento. Se a vossa personalidade alcançasse os 100% da consciência total, aí sim, poderíamos tomar uma coisa pela outra. Personalidade e espírito seriam a mesma coisa. Os corpos astrais e o corpo físico limitam muito a consciência do espírito no plano físico.

Já o raciocínio continua quase o mesmo, Com tão pouco conhecimento, da vossa parte a personalidade fica sujeita a muitos erros equívocos. Além disso, o corpo físico cria muitas necessidades e desejos que os corpos astrais não criam.

A necessidade de alimentação, de abrigo, de proteção, de locomoção estão entre os princípios. Se estiver com muita fome, a personalidade pode até matar uma outra para tomar alimentos dela ou os meios de produzi-los.

Isto acontece ainda acontece muito em nosso planeta. A solução adequada seria dividir os alimentos para evitar assassinatos e guerras, mas a disposição para fazer isto ainda é muito baixa. A escassez faz parte do carma das personalidade e faz parte dos testes evolutivos para elas.

Coisas que ESTÃO mas que NÃO SÃO. ESTAR é uma coisa e SER é outra.

1- Seu espírito está em seu corpo físico mas ele não é o corpo físico;

2 - ele está no seu corpo astral, mas não é o corpo astral;

3 - está também no corpo espiritual mas ele não é o corpo espiritual;

4 - Deus está no universo, em todas as moléculas, mas Ele não é o universo;

5 - a energia elétrica está no seu computador, fazendo-o funcionar mas ela não é o computador e você tem absoluta certeza disto. Basta desligar a tomada de força que o seu computador, se não tiver bateria, vai parar de funcionar na hora. O mesmo pode acontecer com todos os seus corpos.O trabalho requer disciplina por parte do espírito e respeito mútuo para com as outras pessoas. Há que respeitar todas as leis do universo. Tudo isso junto, resulta automaticamente na evolução e melhoria do espírito. Até mesmo o pensamento precisa ser canalizado e disciplinado para que o espírito possa atender bem a todas as necessidades que os corpos impõem a ele. Você tem que se concentrar no que estiver fazendo.O espírito não precisa se alimentar, mas os corpos precisam. Pelo fato de ESTAR nos corpos, ele, o espírito é quem sente todas as consequências. Por isto que dizemos que o universo é um artifício, porque cria necessidades especiais, tão artificiais como o próprio universo. O universo parece muito com um teatro, um grande cenário e os espíritos são os diversos atores encarregados de executarem os diversos papéis.

Tudo indica que você não queria vir para o universo por causa da enorme quantidade de necessidades que ele impõe aos seus corpos e indiretamente, impõe a você mesmo. Mas o próprio Deus, de alguma maneira, te mandou para cá e você só retornará para o lugar de origem quando o universo também retorna, quando ele for desmaterializado ou desintegrado. O universo e todos os corpos celestes e todos os corpos do seu espírito serão desintegrados também, mas o seu espírito não será, ele continuará tendo a mesma individualidade que sempre teve. Certamente ficará até mais vivo e sensível ainda. Ficará uns tempos descansando até que o universo seja recriado novamente e voltará ao mesmo lugar começando do ponto onde estava antes da desmaterialização. Vai continuar assim, evoluindo sempre, até o universo mudar de categoria e te levar junto com ele.Conceitualmente, Deus é uma individuação do ABSOLUTO e você também é uma individuação, uma outra individuação. Portanto, vocês são irmãos e colegas, a diferença é somente no nível evolutivo já alcançado. O DEUS é seu pai de criação, você foi adotado por ELE.Deus tem mais necessidades ainda do que você, por isto o corpo dele (o universo) é imenso, imenso. Mas na essência, vocês são a mesma coisa, têm a mesma origem e atributos.

Sobre o destino não dá para falar nada porque ele não tem fim. Podemos apenas dizer que o destino de vocês é viver e evoluir eternamente. Não sei se isto explica alguma coisa.Não dá para saber o que seja um espírito, mas pelas coisas que acontecem com os corpos dá para imaginar, sentir e deduzir muitas coisas. Não adianta explicar que ele é uma individuação do ABSOLUTO porque vocês não sabem o que seja o ABSOLUTO; sabemos apenas que ELE não é relativo e por isso tem esse nome. Acho que a palavra ABSOLUTO impõe muito respeito. O ideal é você aprender a gostar do que faz, isto vai te propiciar estar sempre feliz. De preferência, que comece a gostar a partir de agora, de tudo que faz ou tem que fazer. Assim, você já começa a ser feliz desde agora.

Você tem duas opções: aceitar tudo e ser feliz sempre ou não aceitar nada, e ficar infeliz enquanto assim proceder. As duas coisas estão nas suas mãos. O que mais temos em nosso planeta atualmente, são pessoas preferindo a segunda opção.

SE VOCÊ NÃO TRABALHA DE GRAÇA PARA O UNIVERSO, NÃO TEM DIREITO EXIGIR QUERER QUE ELE TRABALHE DE GRAÇA PARA VOCÊ.

Tudo no universo tem que ser de mão dupla. Não podes exigir que o reino de Deus venha a vocês , se vocês não caminham no sentido dele, se vocês não fizerem as coisas que o universo coloca em meu caminho para eu fazer.

O universo dá tudo que as pessoas precisam para serem felizes, mas exige a contrapartida. Ninguém consegue passar a perna no universo porque ele controla tudo. Controla até mesmo o pensamento das pessoas. Monitora e contabiliza tudo, segundo a segundo. Bobo é que tenta levar vantagens sobre o universo.

Além de exigir as contrapartidas, o universo não permite que os espíritos saiam de dentro dele. Impossível renunciar a vida no universo. O espíritos não pertence ao universo, mas está linkado a ele através de cordões fluídos que o ligam aos 3 tipos de corpos que tem.

Os corpos foram feitos de matérias do próprio universo. Com esse link, a consciência do espírito vem para o universo, como se o próprio espíritos estivesse dentro dele e só sai se o universo permitir, quando permitir e para os fins que permitir.

O universo é uma espécie de artifício divino para obrigar os espíritos a evoluírem. Deus tem que fazer isto, porque ELE também tem que evoluir. A evolução DELE depende da evolução dos espíritos que foram encaminhados a ELE pelo ABSOLUTO. Sua evolução também depende da evolução dos espíritos com os quais você convive. A Lei é a mesma para todos em nível cósmico.

Os espíritos são enviados para este universo quando ainda são bebezinhos espirituais e vão evoluindo aos poucos até alcançarem o nível divino, quando o ganharão um universo particular para fazer a mesma coisa que este universo está fazendo. A evolução é eterna e infinita. Nascemos para viver, mas evolução é necessária para não ficarmos eternamente repetindo as mesmas ações e pensamentos.

NÃO TENHAM MEDO, VOCÊS ESTÃO SENDO TESTADOS NA FÉ:

Vocês eram e são vitoriosos, pois enfrentaram tudo com os olhos voltados para o Céu porque acreditavam no poder do Amor Absoluto,no fundo do seu coração ,mas são poucos por a vossa :

FÉ É FALSA.

Estou vendo o desespero de seus corações, e por vibrarem numa faixa mais material, vocês estão sendo sugados por essas energias densas e isto faz parte do jogo do maligno (DIABO) que deseja esfolá-los vivos.

Há rumores de revoluções, de guerras, e digo que isto não está descartado nas mentes humanas. As videntes que havia e há até os dias de hoje, neste mundo,foram e são governadas e pagas pelos governos... mas eu já estou, preparada para eles e suas mentiras...

Vocês estão sendo encaminhados para um tribunal de serpentes malignas e serão julgados mas digo que ninguém tem direito sobre suas vidas pois vocês são únicos, são livres, são almas em ascensão. A escuridão está tentando ganhar tempo desviando-lhes a atenção do plano pelo qual estão lutando com jogos, com notícias falsas e com pressão por parte daqueles que pensam ser donos do mundo e de suas vidas. Mantenham a atenção em seus mundos internos e, sem demora, retirem os sentimentos negativos que deixaram contaminar o Amor Absoluto.

Vocês são amor, são livres, são gente do bem e isto já provaram nestes dias - em que estão em treinamento - que são resistentes, são perseverantes e resistem ao frio, à chuva e ao calor e isto lhes dá credibilidade junto aos exércitos da Grande Luz.

As trevas desafiam DEUS DIVINO e o prossegue com serenidade pois sabe onde vai chegar, façam o mesmo e não percam o foco e o motivo pelo qual estão nas ruas - reivindicando a total liberdade.

Haverá lutas, perseguições, injustiças e maldades porém não desanimem, a vitória está na perseverança.

Isto já está acontecendo, então não fiquem apreensivos.

Gratidão aos que estão doando alimentos, água e tudo o que precisam, esses são considerados nobres guerreiros do meu amantíssimo coração.

Lhes envio energias de curas e de paz para seus corações, lhes envio energias de resistência para os dias que se aproximam, lhes envio energias para aumentar a fé em seus corpos e muita Luz pois haverá dias de escuridão.

A vitória AO DEUS DIVINO, pertence porém esses seres malignos resistirão até o fim pois não pretendem libertá-los mas digo que vocês, por natureza DIVINA, já são livres,aqueles que têm FÉ.Façam planos de lutas, de fugas, façam o que deve ser feito e sem demora busquem a libertação.

Eu vos venho avisar e peço que mantenha seu coração FÉ com Deus =ESPÍRITO QUE É SANTO E SANTÍSSIMA TRINDADE e não duvidei nem por um segundo da SUA misericórdia .

Toda a Terra geme e chora por estes momentos difíceis mas a tempestade vai passar e o sol brilhará novamente.

Não existe, nestes tempos, uma humanidade dividida entre partidos, entre esportes ou entre religiões, tudo é uma coisa só.

Existem, sim, seres que optaram por seguir outros senhores e ambos cairão num abismo profundo, isto está escrito, AQUI VOS DOU A MINHA PALAVRA DE HONRA!!

Coragem, ,para enfrentar tempos difíceis que se aproxima

Não há vitórias sem lutas e não há FÉ se não deixarem seus corações brilharem.

Vocês são as pérolas do meu sacratíssimo coração, eu disse que estaria com vocês até o fim dos tempos e aqui estou ,embora ainda não possam me ver mas podem sentir minha presença.

Os envolvo no meu amor, sou grato aos bons e sinceros trabalhadores de última hora e reforço minhas eternas palavras: "Eu estou aqui pois o verdadeiro amigo abandona amigo no meio do caminho".

Estamos juntos e juntos seremos vitoriosos pois assim é.

ACALME SEU CORAÇÃO...

FÉ E PERSEVERANÇA

Aqui vou revelar tudo o que tenho vindo a ver durante dois dias. Cada vez as visões são mais claras. A minha visão é tão clara, quanto a luz do dia que vejo. Eu sei, que o que vou dizer, pode fazer tremer muita gente e provocar uma onda de ódio contra mim. Mas, não vou deixar de divulgar tudo o que está dentro de mim. Sempre foi escrito na história, escrito pelo Homem, as tempestades, os terramotos, com cálculos atirados ao ar, à espera dos acontecimentos. Não é como aquilo que vejo. Porque até agora, tem sido por sinais que o planeta tem vindo a dar, de onde Eu vejo, que o planeta Terra sem vindo a degradar. Pouco a pouco a marcação das tempestades e dos terramotos só o povo acredita quando acontece. E vão à procura do que está escrito. Quero dizer que o povo só acredita quando está escrito.

No ano de 2023 os céus vão ser surpreendidos com muitas coisas estranhas em várias partes do mundo. Para encurtar a minha palavra eu reduzi para em pouco tempo os acontecimentos que vou escrever. Será dado um dos maiores terramotos no coração da Terra, de onde se vai dividir como se fosse uma estrela. Ao atingir a Terra em vários sítios, desde tsunamis, terremotos e grandes sismos. Na onda de calor vai trazer consigo grandes tempestades vindas do nada, com grandes toneladas de gelo caindo sobre as cidades. Os Açores, estão destinados a um grande terramoto.

No final a ilha que vai ser mais atingida, vai aparecer um círculo grande negro à frente dela. Sei que vocês vão se assustar muito. Eu como vejo a vida mortal, vejo a vida de vocês da mesma forma. Eu sei, que ao falar de uma Entidade adorada por vocês, que no fundo não é Entidade nenhuma, é uma ofensa para todos. Referindo-me a ilha Terceira, eu sei o que vejo, ninguém me mostra nada e vocês fazem o julgamento a quem vê. Os meus olhos estão tão abertos ao ponto de ver vocês em grupos sentados a fazer críticas e julgamento sobre a minha pessoa. Eu vi, pessoas juntas à Santa para me julgarem. Mas afinal, o castigo já está com vocês. Porque quem vê as coisas como foram e como são, sou Eu. Pois, eu dou a certeza toda que eu não divulgo a ilha que está para acontecer este terramoto em poucos anos. Eu quero que sejam surpreendidos tal como eu fui. Muita gente vai ficar sem casa, muita fome vai se passar. Acontece que, muita gente tem fé nos momentos de aflição, quando precisam para que se safem dos problemas que tem. Depois de se safar dos problemas, só sai pela boca fora, Eu acredito, meu afinal não acreditam em nada. O homem é feito para acreditar perante os seus olhos, quer dizer, para acreditar no que vê.

Basta que vives numa segurança profunda. É como a maldade, está encoberta e aos poucos vai ser revelada.

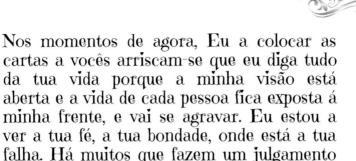

Nos momentos de agora, Eu a colocar as cartas a vocês arriscam-se que eu diga tudo da tua vida porque a minha visão está aberta e a vida de cada pessoa fica exposta á minha frente, e vai se agravar. Eu estou a ver a tua fé, a tua bondade, onde está a tua falha. Há muitos que fazem um julgamento que sou obrigada a engolir mas sei que mentes.

Eu espero por tudo, desde os acatamentos, críticas, julgamentos e tudo mais.

Mas, estou tão certa de tudo que tenho para ouvir como a certeza de que a terra vai tremer assim que publicar este texto. Seja em que parte do mundo for, que a terra tremer, vocês têm a confirmação de tudo o que digo é verdade. Não há mais volta a dar.

Eu não trabalho com o mal, nem com a crença que vocês tem.

Ser quem sou dói mas não fujo à realidade daquilo que sou nem de quem sou.

Eu fui criada com os mesmos erros que vocês, com as mesmas rebeldias de vocês. Por isso, estou fora da crença que vocês podem vir a acreditar em mim. Porque afinal de contas, sou igual a vocês. Mas não posso ser mais, porque afinal de contas Eu sou diferente. Eu sou como uma lamparina com o brilho que não dá para prever.

"Não importa a cor da sua crença, o que importa é a luz que se ascende com a sua Fé."

DA INSEGURANÇA A FÉ...

A insegurança e a falta de Fé nos aprisiona, nos estagna, nos deixa refém de pensamentos perturbadores, nos deixando fracos e frágeis, nos afogando nos próprios sonhos.....
Quantas vezes passamos por situações normais, nos consagramos fiéis à nossa crença, mas nos assustamos ao menor sinal de dificuldades, é nesse momento que nossa FÉ tem que soar o mais alto nível dentro de nós.....

Renasce e renove a sua Fé.....que volte a acreditar na sua capacidade, quebrando as algemas do medo, da fraqueza, do vitimismo ..... se redescobrindo em sua essência!

E ATRAVÉS DA FÉ, que se torna mais forte e segura, e onde aprende a sorrir sem motivo, a não se abalar com situações fúteis, não mudar por ninguém, nem medo de desagradar alguém, é onde encontra uma saída para qualquer situação, enfim SER O QUE É !

A FÉ , é mais que uma questão de crença, é um estado de espírito e é muito mais que o ato de crer no DEUS VERDADEIRO, nosso Divino Criador.....

NINGUÉM OFENDE VOCÊ.

As pessoas passam a maior parte da vida sentindo-se ofendidas pelo que "alguém" fez com elas. A revelação surpreendente vai mudar sua vida: Ninguém jamais te ofendeu! São as suas expectativas em relação ao que esperava dessas pessoas que o magoam. É as expectativas são criadas por você com seus pensamentos.
Eles não são reais. Eles são imaginários.
Se você esperava que seus pais lhe dessem mais amor, e eles não deram, não precisa se ofender. Foram violadas as suas expectativas sobre o que "um pai ideal" deveria ter feito com você. E suas ideias são as que te machucam. Se você esperava que seu parceiro reagisse de tal maneira e ele não o fez, seu parceiro não fez nada por você. É a diferença entre as atenções que você esperava que ele tivesse com você e as que ele realmente teve que te machucam. Novamente, isso está em sua imaginação.
Um hábito requer que todas as suas partes funcionem. Se você perder uma parte, o hábito se desfaz. O hábito de se sentir ofendido pelo que "os outros fazem a você" (ninguém realmente faz nada a você) desaparecerá quando você compreender melhor a origem das "ofensas".

Quando nascemos, somos autênticos. Mas nossa verdadeira natureza é suprimida e substituída artificialmente por conceitos que nossos pais, escola, sociedade e a mídia nos ensinam.

Uma das maiores fontes de ofensa é tentar impor o ponto de vista de uma pessoa a outra e querer orientar sua vida. Quando você diz a ele o que ele "deve fazer" e ele diz "não", você cria ressentimento duas vezes.

Primeiro, você se sente ofendido, por ele não ter feito o que você queria.

Em segundo lugar, a outra pessoa está ofendida porque você não a aceitou como ela é. E é um círculo vicioso.

Todas as pessoas têm o direito divino de guiar suas vidas como quiserem. Eles aprendem com seus erros por si próprios. Deixe-os estar. Lembre-se também de que ninguém pertence a você.

Nem a natureza, nem seus pais, nem seus irmãos, nem teus filhos, seus amigos ou parceiros pertencem a você. Você não pode pegar o leito do rio.

As pessoas são um rio poderoso. Qualquer tentativa de pegá-los vai machucar você. Ame-os, aproveite-os e deixe-os ir.

Então, como posso perdoar?

Entenda que ninguém o ofendeu. São suas idéias sobre "como as pessoas deveriam agir". Essas ideias são o produto de uma máscara social, que você aprendeu inconscientemente desde a infância.

Reconheça que a maioria das pessoas nunca vai concordar com as ideias que você tem. Porque são conceitos errados.

Deixe as pessoas em paz. Deixe-os guiar sua vida como quiserem. É sua responsabilidade. Dê-lhes conselhos, apenas se eles pedirem, mas permita que tomem suas decisões. É o seu direito de nascença divino: livre arbítrio e liberdade.

Ninguém pertence a você. Todos nós pertencemos à natureza. Deixe as coisas fluírem sem resistir a elas. Ame e deixe estar.

Pare de pensar demais. Esteja aberto à possibilidade de novas experiências. Abra os olhos e veja o fluxo da vida como ela é. Quando você limpa a visão dos óculos escuros e os tira, o resultado é uma visão limpa.

Pare de resistir, as pessoas não são o que você deseja. Aceite as pessoas como o peixe aceita o mar e ame-as como são.

Desintoxique o veneno do ressentimento e reconcilie-se com a vida. A vida real é mais bonita e excitante do que qualquer ideia que você tenha do mundo.

Diante da curta vida que temos, só temos tempo para viver, desfrutar e ser felizes.

Aprenda com os erros que cometeu, prometa a si mesmo que não fará isso de novo e volte a viver a vida.

Deixe o Mundo ser.

E deixe-se ser você também.

A LINHA DO TEMPO AGORA...

É ALTURA para realizar a Punição. . . ou para criar a Verdade sobre a Mentira, que foi CRIADO E VOS FOI OBRIGADO A SEGUIR.

E como já ouviram muitas vezes. . . NADA AGORA pode parar isso.

Assim, mesmo aqueles das forças das trevas continuam a se mover e trazer o que eles pensam ser sua CRIAÇÃO, NÃO É ...

NÃO É PERMITIDO. Pois a GRANDE FONTE CENTRAL deste Universo decretou que NÃO SERÁ PERMITIDO. . . que o experimento está no fim.

AGORA FOI ALTERADA!

MUITOS TEMEM AQUILO QUE PODE AJUDÁ-LOS.

Há muita informação atualizada e disponível para todos aqueles que buscam o aprendizado ou o esclarecimento nos dias atuais. Isso faz parte do processo final de um Ciclo Planetário, pois o Plano Divino oferece todas as possibilidades para cada alma encarnada na Terra. Ninguém poderá em tempo algum, afirmar que não teve oportunidade.

Estou me inspirando a dizer algo para vocês hoje. Estamos atravessando a Ponte Interdimensional, e não há mais tempo a perder. O Velho Ciclo está se fechando e uma Nova Era está surgindo logo após a Ponte.

A humanidade da Terra veio para esta Escola com o objetivo de experienciar a dualidade, seguindo as Leis de Causa e Efeito, cuja consciência em forma de Fractal, sentiu-se de fato separada da Fonte, pois o véu do esquecimento impossibilitou qualquer lembrança anterior à atual encarnação.

Já dissemos aqui outras vezes, que a maioria das almas encarnadas aqui, já tiveram centenas de encarnações, ou seja, pela vida corpórea. Dentro desse tempo bastante longo, todos puderam experienciar uma a uma, todas as possibilidades possíveis e imagináveis. Não há nada neste Mundo que você não tenha experienciado em algum momento dentro desta longa caminhada como ser humano. Agora é chegado o tempo da mudança nesta Escola. O currículo vai mudar para um nível superior. Todos aqueles que estão aprovados, farão a sua ascensão. Uma nova realidade está chegando. O aprendizado continuará, porém, não mais na base das Provas e Expiações, ou seja, na base da dor e do sofrimento como foi esse primeiro Ciclo, que começa a se fechar.

Muitas experiências até aqui foram muito traumáticas. Certas consciências, embora prontas para a nova Escola, ainda não se recuperaram dos traumas. São memórias transpessoais que ainda estão dentro da bagagem de cada alma. Algumas mais expressivas como a culpa, a raiva, o medo, o vitimismo, a vergonha e o ressentimento, ainda estão ativas em tais memórias.

As crenças limitantes também podem atrapalhar bastante a travessia da ponte agora. Muitas mentiras impostas ao longo dos séculos, criaram falsas verdades na consciência de muitos. Somando-se tudo isso, ainda temos o ego resistente dentro de nós. O ego procura sempre um estado de consciência conhecido, ou seja, a zona de conforto. Ele resiste firmemente a qualquer mudança, mesmo que seja em seu benefício.

Sempre que surge alguma dificuldade na vida, invariavelmente é uma mensagem da alma dizendo para a consciência que ocupa aquele corpo físico, que há uma lição, um aprendizado, um resgate ou uma mudança a ser feita. Esta é a razão do porque a alma precisa de um corpo físico a cada reencarnação. O corpo é a caixa de ressonância da alma, e ela se expressa sempre através dele.

Compreender a linguagem do corpo, ajuda no processo de entendimento, e na tomada de decisões em relação às mudanças que precisam ser feitas. E aqui entra a frase que encabeça o texto e hoje: MUITOS TEMEM AQUILO QUE PODE AJUDÁ-LOS. Mas qual a razão disso? Vamos tentar explicar os principais motivos.

As crenças que cada um traz dentro de si, são baseadas não somente nas experiências vividas, mas principalmente naquilo que lhe foi imposto de fora para dentro. A mentira, a desinformação e o engano praticado durante milênios, fizeram o ser humano acreditar em interpretações que não condizem com a realidade. Muito pouco daquilo que foi aprendido é real. Lembrando aqui que a humanidade foi controlada por um grupo de dominadores, desde que os Arcontes chegaram aqui.

Outro fator que traz temor são os traumas enraizados ainda dentro das memórias inconscientes de cada um. Aquelas experiências naturais que a alma encarnada precisou passar, muitas vezes deixou sequelas, causadas pela dor e pelo sofrimento, ao passar por tais experiências.

Outra causa, também inconsciente, vem das vidas passadas quando a alma encarnada na época, foi enganada. A confiança foi traída, e o resultado dessa traição, ainda ressoa dentro dos registros de alma. O medo faz recuar e não se consegue ultrapassar a barreira do novo, do desconhecido.

E por último, essa talvez seja ainda a pior situação que faz temer justamente aquilo que pode ajudar cada alma encarnada: A RESISTÊNCIA EM MUDAR. É sempre mais confortável ficar onde se está, pois o lugar já é conhecido e não traz nenhuma insegurança, mesmo que esteja desfavorável. É a famosa situação que muitos verbalizam: "Está ruim, mas está bom".

Mas é preciso confiar! Há um Plano Divino para a humanidade. Chegamos no Ponto de Mutação. Necessário se faz que se dê esse passo adiante. Tudo aquilo que aconteceu até aqui, fazia parte do aprendizado, mesmo que em certos momentos, a dor foi muito grande. Mas o pior já passou.

Quantas vezes esta frase está sendo pronunciada nas canalizações atuais!

Confia no Plano! Mais uma frase encorajadora! Mais outra: Ninguém vai passar por aquilo que não precisa passar!

O medo de ultrapassar as linhas que demarcam aquilo que já foi e o que está por vir, precisa ser vencido. São as últimas provas que determinam a habilitação ou não, para aqueles que desejam fazer a sua ascensão.

Porém é muito triste perceber o grande número de encarnados, que relutam em aproveitar as últimas oportunidades da mudança. MUITOS TEMEM AQUILO QUE PODE AJUDÁ-LOS. É uma pena, pois o tempo urge! Podem estar perdendo aquilo que mais importa para a alma em experiência nesta escola: a possibilidade real de ascensão. Um pouco de esforço, confiança e coragem, basta para que a mudança de fato possa acontecer em cada um, nestes tempos finais de Transição.

Eu sou Vital Frosi (Orientadora espiritual),e minha missão é o esclarecimento e divulgá-la... verdade!

ÚLTIMOS DIAS
DA TERRA

Todos os seres da Terra (humanos, animais e plantas) agora estão passando seus últimos momentos aqui. Estas palavras podem ser aplicadas também aos seres que permanecerão neste planeta mesmo depois da sua ascensão à quinta dimensão, porque a Terra da quinta dimensão será um mundo completamente diferente do da Terra atual. Portanto, para todos os seres que se encontram neste planeta, estes são os últimos momentos que temos para passar na Terra material da terceira dimensão.Antes de começar essa vida, todos nós passamos pelo processo de avaliar nossas experiências acumuladas e planejar essa vida. Em particular, todos nós planejamos como iríamos experimentar a Grande Mudança da Terra. No caso de qualquer um que tenha um Eu Superior na quinta dimensão, ou em uma dimensão superior, o Eu Subordinado na Terra se reunirá com o ser acima em algum momento durante a Grande Mudança. De acordo com o que já foi planejado antes desta vida, qualquer um que ascenda à quinta dimensão tem a opção de permanecer na Terra após a Grande Mudança ou de se mudar para outro mundo no universo da quinta dimensão

No caso de seres cujas consciências são inferiores à quinta dimensão, já foi decidido que eles se deslocaram para outros mundos adequados às suas frequências.

Como o curso de cada ser já decidido, a
última festa de despedida, preparada pelos
DEUS CRIADOR, acaba de começar. Não é
um tipo de festa em que todo mundo se
embebeda e agita enquanto esquece sua
existência. Em vez disso, é uma festa em que
todos recuperam memórias vagas sobre si
mesmos e se preparam para os últimos
momentos em que todos poderão acelerar o
seu crescimento espiritual.Uma vez que o
solo já começou a tremer e o clima perdeu
os seus padrões estáveis, esta valiosa época
chegou para todos os seres humanos, uma
época em que sentirão que lhes falta alguma
coisa. Todos os seres que permaneceram na
Terra através de repetidas encarnações em
breve estarão espalhados pela galáxia. O
momento da separação está apenas
começando. Independentemente do seu nível
de consciência ou missão, a maioria dos
seres que têm vivido na Terra em breve terão
que fazer as malas e fazer uma longa viagem.
Quando chegar a hora da separação, as
pessoas terão alguns minutos para o remorso
e alguns minutos para se unir à Origem do
Universo. Quer cuidamos bem dos nossos
semelhantes ou lhes causamos dor, todos nós
desempenhamos nossos papéis no processo
de aprendizagem mútuo, ajudando outras
pessoas a acender.As pessoas que me
trataram mal foram na verdade professores
maravilhosos. Todos nós trabalhamos duro
para ser mestres dos outros, compartilhando
momentos bons e ruins, mas chegou o
momento de separar todos os seres da Terra.

Ainda não conseguimos lembrar-nos dele direito, mas assim que nos livrarmos dos nossos corpos humanos físicos, todos lembraremos do passado por inteiro e sentiremos saudades de todas as coisas relacionadas com a Terra. Acima de tudo, todos nós acordaremos nós mesmos e perceberemos que, no início, tudo teve origem em uma fonte.Durante o resto do tempo que permanecemos na Terra, independentemente do que aconteça a nós ou às pessoas do nosso ambiente, não devemos simplesmente ver o fenômeno concreto, mas também devemos observar a sua natureza intrínseca.Quando entendermos o profundo significado do universo que se esconde por trás do fenômeno, tudo mudará e se tornará felicidade. O verdadeiro significado da Grande Mudança da Terra não é trazer tristeza e dor às pessoas através do colapso do planeta, mas fazer com que elas experimentem que a tristeza se transforma em alegria e a dor em satisfação, e despertar Ar as pessoas para compreensão de que todos os seres se originaram de uma única fonte. O universo nos fará saber que não há motivo para sentir ressentimento ou para culpar ninguém, porque tudo o que nos acontece é o resultado de nossas próprias escolhas. Através deste auto despertar, teremos a chance de dar um pulo na consciência. Este é o propósito da grande mudança da Terra.

Alguns buscadores espirituais acreditam que os humanos são capazes de criar ou mudar qualquer coisa com sua mente, mas isso está longe de ser verdade. A Grande Mudança da Terra que está acontecendo agora não pode ser impedida, modificada ou adiada por ninguém hoje. Não pode ser modificado, nem deve ser modificado. Todas as mudanças que estão acontecendo agora são para o progresso de todo o universo e de todos os seres do universo.

São 4,30h da manhã hoje foi do pior mas tudo está feito sem volda a dar olhe que a resposta vai ser morte...

Eu vi a minha morte e sei como morro,e sei o dia e a hora,e quanto tempo me falta,

Eu não tenho medo deste dia,porque aí cerra a minha palavra desde criança eu quero ir para a minha casa...

Quando eu falo na religião, quero eu falar da vossa fé do deus duvidoso de vocês e o porquê!Porque O DIABO ele é traiçoeiro, convincente ao ponto de vocês acreditarem que ele é bom, ele faz se passar por bom, vocês choram e explorem e rezem a ele, donde cometendo os mesmos crimes, que ele quer que faças ele quer se passar por vítima.

Faz vocês falarem o que não devem falar ,faz da mentira uma verdade, faz vocês juraram do que a tua mentira será uma verdade aparente os olhos de DEUS, ele está ao pé de todas ,mas alguma coisa ele vai tirar porque, o diabo dar-te a força mas alguma coisa ele vai ter de troca, e vai ser algo de muito sagrado para vocês.

Todos os dias vejo o vosso Deus,antes eu discutimos mas não farei mais,porque ele é hipócrita uma mente perversa um manipulador, mentiroso um reles espírito das trevas.

A partir do mês de Dezembro 2022 tudo começa a cair nesse planeta Terra umas atrás das outras, donde estarei aqui para ver junto de vocês

Nada me faz temer até mesmo a maldade do povo, sei quem sou e mas certeza o tem, nada e feito ao acaso tudo está escrito para os acontecimentos, mas o povo de deus de tanta fé que o povo fala foi consumidor da mesma maldade da escritura na Bíblia,

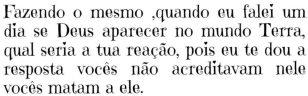

Fazendo o mesmo ,quando eu falei um dia se Deus aparecer no mundo Terra, qual seria a tua reação, pois eu te dou a resposta vocês não acreditavam nele vocês matam a ele.

Havia uma para provocar a destruição ativando as outras a cometer o crime, para ele ser a maior delas pela sua fé.

Essa é a vossa fé a vossa crença o seu dia a dia a sua religião jurando parente o seu deus ámen

QUANDO EU TIVER NA TERRA FRIA,
E POR ALGUM DE VOCES PISAR,
VAO SE RECORDAR SEMPRE DA
MULHER,
QUE VEIO AO MUNDO CAMINHAR,
EU LEVO COMIGO TUDO,
NADA PRA TRÁS VAI FICAR,
OS TEMPOS QUE EU PASSEI,
DE ONDE A MINHA ALMA ANDOU A
VAGAR,
LEVO A DOR E SOFRIMENTO,
A PAIXAO E O DESPERO,
MAS SEI QUE TIVE MOMENTOS,
TAO CONTENTES E EU NÃO ME
ARREPENDO NÃO
A LUZ SE APROXIMA CADA VEZ
MAIS,
E VEJA A SUA ANTICIDAE,
POIS NUMA ARCA FICARA
GUARDADO O PASSADO,
O PRESENTE, QUE ME FOI
MARCADO.

Helena Brum

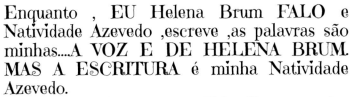

Enquanto , EU Helena Brum FALO e Natividade Azevedo ,escreve ,as palavras são minhas....A VOZ E DE HELENA BRUM. MAS A ESCRITURA é minha Natividade Azevedo.

Eu ao escutar essa MULHER ...Eu até ponho em dúvida as palavras dela...

Mas como sei que sra Helena Brum, só tem a 4 Classe de escolaridade, ela nao sabe escrever, mas FALAR ELA SABE ,ELA SABE TUDO TEM UMA MENTE INCRÍVEL,TEM DIFICULDADE NO LER,...

E foi aí que percebi que vinha tudo da mente DELA...Porque quem não sabe ler ou escrever leva tempo para ler algo....como pode saber ler?

E se forem ver a assinatura dela vão ver que é uma assinatura de uma pessoa que não sabe escrever.

Agradeço pela amizade e pelo carinho que me recebeu, sua postura fez toda diferença na minha vida pessoal e profissional, quero agradecer pela estimável oportunidade que me proporcionou ao trabalhar ao seu lado e por me permitir aprender todos os dias.

A vida é um sopro, e as amizades verdadeiras são raras...

Eu sou como uma garça,
Ando sempre a rodopiar,
Durante as madrugadas,
Vejo o mundo mas ,
Foi nos Açores que foi
parar!!

Made in United States
North Haven, CT
03 December 2022

27766542R00084